新民说

成为更好的人

对决人生
解读海明威

杨照 著

GUANGXI NORMAL UNIVERSITY PRESS

广西师范大学出版社

·桂林·

对决人生：解读海明威
DUIJUE RENSHENG JIEDU HAIMINGWEI

图书在版编目（CIP）数据

对决人生：解读海明威 / 杨照著. —桂林：广西师范
大学出版社，2019.12（2024.12 重印）
ISBN 978-7-5598-2269-7

Ⅰ. ①对… Ⅱ. ①杨… Ⅲ. ①海明威（Hemingway,
Ernest 1899-1961）—小说研究 Ⅳ. ①I712.074

中国版本图书馆 CIP 数据核字（2019）第 219989 号

广西师范大学出版社出版发行

（广西桂林市五里店路 9 号　　邮政编码：541004）
（网址：http://www.bbtpress.com）
出版人：黄轩庄
全国新华书店经销
广西民族印刷包装集团有限公司印刷
（南宁市高新区高新三路 1 号　邮政编码：530007）
开本：787 mm × 1 092 mm　1/32
印张：9　　　　字数：130 千字
2019 年 12 月第 1 版　　2024 年 12 月第 2 次印刷
定价：48.00 元

如发现印装质量问题，影响阅读，请与出版社发行部门联系调换。

目　录

对决人生：解读海明威

抢下来时，小说有了完全无从预期的转折。他们发现在帐篷里，守在一旁的印第安丈夫死了，他用刀在自己喉咙上狠狠地切开了一大道口子。显然在那过程中，丈夫受不了听到哀号、感受煎熬以及觉得丧失妻儿的灾难迫在眉睫的痛苦，就自杀了。

经此戏剧性的变化震撼，在离开印第安部落的船上，尼克问了爸爸一连串的问题：

　　"女人生孩子都那么辛苦吗？"

　　"不，那是非常非常稀奇的。"

　　"他为什么要自杀，爸？"

　　"我不知道，尼克。他受不了一些事吧，我猜。"

　　"很多男人自杀吗，爸？"

　　"不多，尼克。"

　　"很多女人？"

　　"几乎没有。"

　　"会有吗？"

　　"喔，有。她们有时候会。"

　　"爸？"

　　"嗯。"

"乔治叔叔去哪里了？"

"他不会有问题的。"

"死很难吗，爸？"

"不，我想应该蛮容易的，尼克。那要看情况。"

这是一段典型的"海明威式"对话。对话的每个句子都很短，而且接连一个比一个短，制造出特殊的节奏。句子短到不能再短的单字，"爸""嗯"，然后岔开来讲一件看起来不相干的事，让读者喘口气，接着出现了令人难忘的重点——"死很难吗，爸？""不，我想应该蛮容易的，尼克。那要看情况。"很难解释为什么，但如此读下来，那最后的两句对话，就留在我们心中，久久不肯离去了。

多年之前，一位海明威的读者就中了这样的毒，那是还没成为舞者、编舞家，还在写小说的林怀民。他写过一篇小说，标题是"虹外虹"，在篇名底下，就引用了这两句话。《虹外虹》讲的是一个年轻人下午到碧潭去游泳，先是救了一个溺水的人，然后竟然换作他自己在水中抽筋，只差那么一点点，他就淹死在水里了。获救后，他收拾了东西，搭公交车回到台北热闹的街头，心中突然涌现出强烈的愤怒，因为没有人知道他差点死掉，而且好像也不会有人在乎他才刚经历了生死攸关的时刻。"死很难吗？"不难，还蛮容易的，有时候人莫名其妙就死了，更糟的是，你莫名其妙死了，这个世界还是继续照常存在、运作下去，好像什么都没发生过似的。我们该如何理解、面对这样的情况？

海明威觉得自己跟印第安人很亲近，其中一个理由是他非常喜欢打猎，他认同印第安人的狩猎文化。海明威一生热爱几件事：射击（包含打猎）、棒球、拳击、斗牛，还有钓鱼——不是在溪边平静安详地垂钓的那种，而是出海钓大鱼，英文叫"game fishing"，在海里寻钓动辄上千磅的大鱼。海明威的名著《老人与海》讲的就是钓鱼的故事，一个老人驾着小船在茫茫大海里钓马林鱼。海明威自己钓过的最大的马林鱼，有一千零四十磅重，是四百多公斤的庞然大物。这样的活动，不是娱乐，是"game"，是有输有赢的公平对决。就像印第安人的打猎，不是现代美国人的打猎。进到猎物的主场，忍受作为一个人在森林里、在大海上种种不利的条件，公平地和动物对决。

这些他喜欢的事，打猎、拳击、棒球、斗牛和"game fishing"，有共通之处：都要面对够强悍、够格的敌人，也就是说，都必须面对挑战。这正是海明威基本的生命情调，他最在意、最强调的就是：要是连个像样的敌人都没有，那样的生命是不值得活的。

海明威讨厌纽约。对于纽约，他说过一句有名的评论："这个城市出了什么问题？这里的鸽子都不会认真飞翔。"真的，纽约的鸽子和中正纪念堂广场上的鸽子一样，它们都在敷衍，这里动一下，那里飞个几米，从来不会认真地飞，从来不会让人感觉到它们是活在空中的动物，不会以飞翔的姿势与态度感动我们。海明威受不了这样的鸽子，他受不了敷衍混日子，没有挑战、没有危险。

2.

美国女作家莉莉安·罗斯（Lillian Ross，1918—2017）曾经替《纽约客》杂志写过一篇海明威的人物稿。莉莉安·罗斯是个奇才，二十多岁就开始在《纽约客》写稿工作，而且她写的不是诗或者小说，而是人物专题稿。这种深度采访报道名人的稿子，必须熟知受访人的生平成就，还要能对时代、社会有充分的认识，很难想象一般的二十多岁青年，能够承担这样的报道工作吧。

莉莉安·罗斯的早期代表作之一，就是写海明威。一九四九年，她三十一岁。那篇报道，表面上看平淡、单调到偷懒的地步，从头到尾就只写了海明威到纽约短暂停留的两天当中，遭遇了什么事，又说了什么话。用这种方式写的报道，发表之后引起了很大的争议。因为有人，而且是不少人，其中有海明威的忠实粉丝，也有强烈厌恶海明威的人，都在文章中察觉出莉莉安·罗斯的恶意，认定她故意用这种"琐碎记录"的方式，来凸显海明威是个多么可笑的人。

　　不管莉莉安·罗斯怎么说她写那篇报道时，心中绝对没有一点对海明威不敬的恶意，但许多读者还是坚持用"恶意暴露海明威缺点"的角度读她的文章，并且因此而赞扬或厌弃她。这样的反应，一部分来自莉莉安·罗斯的鲜活刻画，不过更大一部分，来自美国社会对海明威固有的两极评价。海明威太特别、太有个性，让人家很难对他有一般的、持平的看法，要么极度喜欢、崇拜他，要么极度讨厌、鄙视他。

　　不过对莉莉安·罗斯而言，尽管这么多人认定她有恶意，至少海明威本人不包括在里面。报道发表后，她持续跟海明威通信联络。在其中的一封信中，她提到海明威的大儿子约翰，说了几句好话。回信里，海明威写着："哎呀！我很高兴你蛮欣赏我儿子的，我也很爱我的儿子。"重点是，他接下去说："不过我也爱飞机、船、大海、我的姊妹们、我的太太们。"

"我的太太们"，没错，是复数。海明威写这封信时，和第四任太太住在一起，不过跟前三任太太都保持着良好关系。几个离过婚的人会自然地在句子中间说爱他的"太太们"？信里的句子还没完，他又接着说："我也爱生命和死亡，我也爱早晨、中午、下午、夜晚，我也爱荣耀，我也爱拳击、游泳、棒球、射击、钓鱼；我也爱阅读和写作。我还爱全天下美好的绘画。"

希望他儿子约翰没有看到这封信，要不然他一定会很伤心：原来他要和这么多东西竞争爸爸的爱。海明威有那么多要爱的，他忙得很，他完全无法忍受生命中有停顿与无聊。

他提到了喜欢拳击，也喜欢棒球。对拳击、棒球有兴趣或有点认识，会有助于我们阅读海明威。换个相反方向看，完全不懂拳击或棒球，那么海明威某些最精彩的想法与写法，你就接收不到了。海明威写过斗牛，也写过有关拳击的文章，相对地他很少直接写棒球。不过他会在奇特的地方，神来一笔用上奇特的棒球典故。例如说他评论莫泊桑——法国的小说家，尤其擅长写短篇小说，他的说法是"他永远都很用力地投球，而且投的都是直球"。这就非得要了解棒球才知道海明威在说什么了。

他的意思是说这个人不跟你玩什么诡计，他是那种总是投快速直球，气魄十足地跟打者对决的投手。没有什么花招，也不怕打者先知道、先准备了他要投直球，他的球又快又重，有本事你就打。像诺兰·莱恩（Nolan Ryan）或罗杰·克莱门斯（Roger Clemens）那样的投手。他们敢投快速球（high fastball），就是不闪躲，也就不是那种"沉球"，总是把球路尽量压低的投法。他们不怕你打，有本事就把球打出墙外去吧。而且他们敢投内角快速球（high fastball inside），那是靠近打者、稍微失投会砸到打者头部的球，他们的态度就是：要打我的球，你们也得够带种，不会被这种内角快速球给吓坏，不闪不躲。海明威用这种方式称赞莫泊桑。

海明威也讲过法国大诗人波德莱尔。他对波德莱尔最美妙的形容只有很短的一句话："我是从这家伙身上学到怎么投指叉球的。"波德莱尔当然没看过也没打过棒球，更百分之百不知道指叉球是什么东西，怎么可能教海明威投指叉球?

指叉球是什么？那是"split-finger fastball"，又称"forkball"，即把棒球夹在食指和中指之间，然后用和投直球一样的动作投出去。这种球投出去后，在空中飞行时是不会旋转的，如果控制得好，就可以让球在本垒板上空刚好耗尽动能，突然下坠。美国棒球大联盟历史上，最杰出的指叉球投手，首推从日本跑去闯天下的野茂英雄。野茂英雄刚到美国时，他的指叉球引来了对手和记者的一种夸张却传神的形容，说他的球会在打者面前，"突然从二楼掉下来"。当时多少大联盟的强打者，都在和野茂英雄对决时，留下了尴尬的影像记录——他们像模像样地准备好，猛力将棒子挥出，结果，不只是棒子没打到球，而且球从棒子底下几十厘米处通过。这就是指叉球的厉害之处。

指叉球那么有威力，一部分原因在于投手出手的动作和投直球非常接近，方便配合直球使用。前一个球是直球，打者很自然以为用同样动作投出的下一个球也会是同样的直球，用他估计直球进垒的高度很有把握地一挥，惨了，这不是直球，而是突然下坠的指叉球。好的投手，让打者永远弄不懂眼前飞来的这颗球，到底会直飞进垒，还是会突然下坠。

如果你懂棒球，又读过波德莱尔的诗，那你一定跟我一样，忍不住对海明威这么短的一句评语拍案叫绝。波德莱尔的诗，从日常的语言与题材中，横空制造出让我们惊奇的效果，在丑恶的都会情境中开出诡异瑰丽之花。作为波德莱尔的读者，其经验真的和站在本垒板前被野茂英雄的指叉球眩惑的打者一样啊！

　　海明威也用棒球评论另一位法国诗人——在二十岁之前就写完他一辈子所有诗作的兰波。海明威形容兰波和莫泊桑相反，兰波从来不投直球，每一球出手都是变化球，试图欺骗打者。在棒球场上，不投快速直球而投变化球，当然有其必要，不过依照海明威的个性，他显然不会喜欢老是投变化球、不愿意和打者豪迈对决的投手。

　　另外，关于《白鲸》的作者梅尔维尔，海明威的形容是："一个球速很快，但控球不佳的左投手。"然后再加一句："他在所有的球队都混过，看过所有的事情，知道所有的东西，其实很精彩。"他的意思是，梅尔维尔的小说技巧不足，虽然有巨大的力量，却不懂得如何控制。他就靠自己的先天力量混着，混成了大联盟里的老油条，老于世故，没有什么会让他惊慌而应付不过来，于是他在技巧上的缺点也就被掩盖过去了。

这四个被海明威用棒球投手来比拟、评论的作家，其中有三个是法国人。海明威高中没毕业，他的法文是自学而来的。他学法文的方法是去欧洲当记者，天天固定查看美联社的新闻，每一条新闻都有英文版也有法文版，海明威就将同样的新闻对照来读，读久了自然就把法文学通了。他就有这样的本事。

3.

莉莉安·罗斯曾在和海明威的通信中，请他开一张小说的"必读书单"。海明威真的给了一份书单，书单上当然有莫泊桑的短篇小说。然后列了司汤达的《红与黑》，接下来是福楼拜的《包法利夫人》、普鲁斯特的《追忆逝水年华》、托马斯·曼的《魔山》、陀思妥耶夫斯基的《卡拉马佐夫兄弟》、托尔斯泰的《战争与和平》和《安娜·卡列尼娜》，以及霍桑、梅尔维尔、马克·吐温和亨利·詹姆斯四位美国小说家的作品。书单上我们可能比较陌生的，是斯蒂芬·克莱恩（Stephen Crane）的《红色英勇勋章》（*The Red Badge of Courage*），这本书写的是战争，是海明威自已也很熟悉的第一次世界大战，出现在书单上也就不令人意外了。

书单上列的基本上是十九世纪的小说，除了普鲁斯特之外，没有什么现代主义的小说家，没有乔伊斯，也没有福克纳。海明威自觉与十九世纪古典时代的小说有着密切关系，甚至是十九世纪小说传统的继承者。不过，这并不意味着他写的小说，和那些古典大师很类似。

他在五十岁接受一次访问时，更明确地说出了心目中小说家的排行："我很年轻时开始写小说，费了很大的力气终于超越了屠格涅夫。"——所以屠格涅夫是他跨过的第一层台阶。"我再费了很大的力气，终于超越了莫泊桑；再经过了很久，我现在有自信可以写得赢司汤达，但是，仍然在眼前的那个该死的托尔斯泰，那是无法超越的。"想到托尔斯泰，他就很不甘心，不过他还带着一丝希望："除非我继续像现在这么努力，而且维持着一直努力，那么或许还有机会。但如果真有那么一天，我超越了托尔斯泰，前面还有莎士比亚！"

然后他对着记者，生气地骂了那些质疑莎士比亚的作品，东说西说这部作品那部作品可能不是莎士比亚所写的人。他觉得这些人莫名其妙，重点在于："这个人的这些作品，我不管他叫莎士比亚还是别的什么，唯一有意义的事是——他在我之前把这些作品写了，让我一点办法都没有。"

这是海明威的私人作家排行榜，是从创作角度排列出来的、一个一个等着他去超越的阶段。屠格涅夫、莫泊桑、司汤达、托尔斯泰，最上面是莎士比亚。有意思的是他铺陈这份名单的方式，其实近似于在说："来吧，让我们在拳击场上一个一个打出个胜败来。新来的小子海明威先挑战屠格涅夫，到了第九回合，前面几个回合一直挨打的海明威终于反败为胜，给了屠格涅夫一个KO。于是海明威取得了挑战莫泊桑的资格，经过十二回合的缠斗，海明威被判定胜利了。然后，他进一步升级和司汤达对决，两人打得难分难解……"

对于写作这件事，海明威也常常用拳击比赛来作比喻，他会说："二十岁的时候，我证明了我自己，得到了一个头衔；可是到三十岁时，我得继续去保卫我的头衔。"这像是在说阿里、福尔曼、泰森或者舒格·雷·伦纳德（Sugar Ray Leonard），在擂台上击败对手，在欢呼声中佩上了拳王的腰带，然而拳王头衔只是一时的，一定会有人出来挑战你，要夺走你的腰带。你必须一次又一次地证明自己，不是赢了就结束了。

海明威一直有一种特殊的"fight"精神，一种拳击打斗的精神，了解这种精神才能了解他的作品。他从来不会因为之前已经写出什么重要、杰出的作品，就能满意安稳下来。拳击场上不是这样，拳击场上没有"大师"，不是说你打败过阿里，你就被供奉在高位上，理直气壮地吃香喝辣。拳击场上，打败了阿里，只是刺激出更多更强的对手，摩拳擦掌、兴奋跃动，期待能在擂台上打败你。

海明威将自己的写作看成一场又一场保卫头衔的拳击赛。他不断和想象中的前辈大家对决，还要转头击退爬上擂台挑战他的后辈们，而且不是写好一本书、赢了一场就能松懈或满意的。

4.

海明威开始于文坛活跃的年代，是美国拳击的黄金年代。拳击在当时流行的程度，甚至超过了棒球。至少，最了不起的世界棒球大赛都不可能一次吸引十四万名观众进场。

拳击却可以。想想拳击擂台的大小，你就明白十四万人挤进大体育场里来看拳击赛，是件多么疯狂的事。那个年代，保有"拳王"，尤其是"重量级拳王"头衔的人，比今天的棒球、篮球明星还要风光。那个年代，几乎美国的每个小镇都有拳击俱乐部。每一个不同的移民族群，意大利裔、爱尔兰裔、德裔、西班牙裔乃至北欧裔，都有他们自己的拳击明星。每家主要的报纸都有专门跑拳击线的记者，大记者海伍德·布龙（Heywood Broun）的名言是："水灾、罢工，那绝对是二流记者的事，文笔最好的一流记者写拳击。"

光是一九二六、一九二七年两年，就各有一场吸引了超过十四万观众进场的疯狂重量级拳王头衔争夺战。而且十四万的庞大数字都还不足以描述场内的热闹状况。一九二六年那场，在场的有九位美国参议员，有全美六大铁路公司的老板，有好几个像卓别林那种等级的电影明星，有好几个像泰·柯布（Ty Cobb）那种等级的棒球明星，有好几个像约瑟夫·普利策那种等级的媒体大亨，有好几个像沃尔特·克莱斯勒那种等级的大企业家，有梅奥医院的传奇创办人查尔斯·梅奥（Charles Mayo），还有数不清的美国最富有的家族，如洛克菲勒、范德比尔特家族的成员。

筹办这场拳王赛的泰克斯·理查德在赛前用兴奋的夸张口气对记者说："如果地翻上来或天塌下来，将我们的前十排座位吞没了，那会是一切的终结。在那十排里，有全世界的财富、全世界的大人物、全世界的脑袋和产业天才！"

　　这些人齐聚来看吉恩·滕尼（Gene Tunney）向卫冕拳王杰克·登普西（Jack Dempsey）挑战。登普西已经连续三年蝉联拳王，三年中，他几乎没有遇到任何像样的对手。够格而且有勇气，还能吸引观众兴趣的对手太少了，登普西闲得发慌，一度跑到好莱坞去客串拍电影，还娶了女明星埃丝特尔·泰勒（Estelle Taylor）为妻。全美国上千万的拳击迷，都急着想要看到能有新手出现，真正和登普西好好打上一场。

　　他们好不容易等到了滕尼。三年间，滕尼经历了十九场重量级拳赛，获得了十四胜五和的战绩，而且其中有七场是以击倒对方的方式获胜的。一九二六年，后起之秀滕尼终于要上场挑战登普西了。

　　那场对决，持续征战的滕尼显然有着比悠闲多时的登普西更好的体能状况，而且他很聪明地采取了和登普西很不一样的策略。滕尼不断在擂台上游走，不让登普西有机会正面挥出重拳。一边沿着绳边灵巧跳着、倒退步伐，一边伺机出拳袭击躁动追击而来的登普西，滕尼慢慢累积了评审给的分数。七八回合之后，登普西意识到自己分数落后，若要取胜就只能靠将滕尼在擂台上击倒，于是更加焦急，不断猛力出拳，也就更加无暇防卫，结果就挨了更多记滕尼的刺拳袭击。

只攻不守的登普西终究无法击倒滕尼，比赛结束，滕尼靠着积分赢得了拳王宝座。沮丧的登普西拥抱妻子埃丝特尔·泰勒时说："亲爱的，我忘了要闪躲了。"五十多年后，也在好莱坞当过演员的美国总统里根，在街上遇刺受伤，见到焦急赶到医院探望的夫人南希，他的第一句话就是学登普西说："亲爱的，我忘了要闪躲了。"

5.

有很多年不曾出现以评审积分打赢擂台的拳王了。虽然没有人能否认滕尼的积分比登普西高，但毕竟这不是十四万观众预期看到的。他们要看到有人倒在擂台上，留下来站得直直的、双手高举的那个人获得拳王封号。

换句话说，滕尼没有说服观众，他不够格做让千万人崇拜的重量级拳王，因为他没有打倒登普西。这就保证了两位拳手一定要在擂台上重新对决一次。第二年，也就是一九二七年，这两个人在芝加哥重遇，再度吸引了破纪录的十四万观众涌入原本用来进行美式足球赛的场地。

　　有了前一次的经验，登普西知道，全场观众也知道，胜负的关键在于登普西是否能够在十五回合中击倒滕尼。滕尼灵活闪躲的技巧，以及伺机出拳的耐心与准确，虽不足以击倒登普西，却足以一回合一回合累积领先的点数。滕尼不倒，那么登普西就不会有赢的机会。

　　所谓"技术击倒"获胜，要让对手倒在擂台上，经裁判数到十还无法完全稳定站好。这一年，重量级拳赛有了一条新规定：一旦将对手击倒在地，站立着的拳手必须立刻退到绳边去，等到他双手触及绳边，裁判才开始计数。

　　这是为了防止一种"垃圾步"而制定的。有些拳手会在裁判计数时，紧贴在旁边等着，如果裁判数到十之前，对手站起来了，他就在裁判宣告比赛重新开始的刹那，立刻急速出拳，往往就能把还晕头转向的对手再度击倒。

　　谁是最有名的"垃圾步"拳手？啊，还有谁，就是登普西。拳赛开始之后，前六个回合，滕尼在其中的五个回合获得较高的点数。第七回合，落后的登普西逮着了一个难得的机会，重重地击中了滕尼，滕尼应声倒地。那是滕尼拳击生涯中第一次在正式比赛中被击倒在擂台上。

然而，接着登普西犯了决定性的错误。不知是出于习惯还是一时混乱，登普西没有遵守新规定退到绳边去，裁判花了几秒钟的时间，才将他推开。换句话说，滕尼因此得到了这多出的宝贵几秒，可以挣扎着站起，定下神来准备继续比赛。

滕尼在裁判数到十时，站定凝神。此刻，拳赛胜负已定。登普西再也没有第二次机会对滕尼击出那样的重拳，滕尼稳稳地再度靠着遥遥领先的积分打败登普西。

之后的许多年，拳迷们持续各持己见地热烈讨论：滕尼到底总共花了几秒钟才站起来，十三秒、十四秒、十五秒、十六秒、十七秒，还是十八秒？如果登普西及时退到绳边，他就会以技术击倒重回拳王宝座，还是滕尼其实也还是来得及在原本的计数时间中站好再战？

恐怕连滕尼自己都不知道正确的答案。我们没有听过他公开谈自己的看法。或许他跟少数亲近的朋友，例如海明威提过吧？

光是两场和登普西的对决，就为滕尼赚进了将近一百万美金的巨款，相当于今天的两千万美金左右。而且滕尼是个拳坛的怪胎，他热爱文学、阅读广泛，带着拳王头衔到耶鲁大学访问时，给耶鲁师生带来了一场谈莎士比亚的演讲。一九二八年，滕尼决定从拳击擂台上退休，结了婚，到意大利度蜜月，索性就在欧洲流连了一年。其中很长一段时间，他待在巴黎，遇到了一些浪荡的美国人，和他们交换关于文学、艺术及拳击的想法，其中和滕尼最亲近、最谈得来的，正是既拥有文学创作奇才，又是个狂热拳击迷的海明威。

6.

海明威认识很多职业拳手。除了滕尼之外，他欣赏、认识的拳击手，包括杰克·布里顿（Jack Britton）和本尼·伦纳德（Benny Leonard）。杰克·布里顿打拳风格有点像滕尼，还比滕尼更灵巧、快速，是穆罕默德·阿里崛起之前最像阿里的一位拳击手。阿里出道时，不叫"阿里"，叫"克莱"，不过更有名的是他的绰号——"花蝴蝶"，形容他在拳击场上的特色：不停地动，到处看见他的影子，飞到东来又飞到西，让对手捉摸不定。他的拳不算特别重，打赢人家的基本方法是跳来跳去，使得对手无法结结实实打到他，然后伺机欺近身，狠狠给一顿快拳。杰克·布里顿的打拳风格很像后来的阿里。

本尼·伦纳德呢？他在巅峰时期，被称为历史上第一个将拳击从野蛮运动转变为艺术的拳手。本尼·伦纳德的特色是出拳极度准确，指哪打哪，一出拳就一定打得到。本尼·伦纳德打遍天下无敌手，喔不，杰克·布里顿除外。

海明威问过杰克·布里顿：为什么你有办法对付本尼·伦纳德？他得到一个很棒的答案。杰克·布里顿说本尼·伦纳德真是个了不起的拳击手，最了不起的地方在于他非常纯粹，几何上的纯粹。他的直拳真的就像几何上的线一样直，他的勾拳也像几何上的圆一般圆。而且他不能忍受乱挥拳，这点也很纯粹，所以他总是在思考。"每当他思考时，我就一直挥拳打他，这是再简单不过的道理。"这就是杰克·布里顿给的答案。

很简单的道理，很简单的答案。海明威爱极了这个答案，一度把这段话写进他的一篇小说里。然而一个朋友读了那篇小说，明确地建议他将跟拳击有关的这一段删掉。海明威接受了，删改了。因为那个朋友是海明威很佩服的小说家,《了不起的盖茨比》的作者斯科特·菲茨杰拉德。菲茨杰拉德当然懂小说,海明威不可能怀疑。删改过的小说发表了,海明威又遇到了菲茨杰拉德,聊起来。海明威问:"为什么你认为我应该删掉那段关于拳击的话?我自己觉得那段话很有意思,而且是很好的隐喻啊。"菲茨杰拉德的回答是:"我不赞成在小说里放进大家都知道的事。"海明威傻眼了,菲茨杰拉德对拳击根本就一窍不通,他以为海明威引用杰克·布里顿的那句话,是看拳击的人都知道的。海明威心里在淌血:"老天,这明明是杰克·布里顿亲口告诉我,只有我一个人知道的事啊!"

虽然被菲茨杰拉德这样一搞,杰克·布里顿那句话没有出现在小说里,不过那话却一直存放在海明威心底。他相信他自己异于其他作家的最大特点,就在于他一直不断地出拳,一直不断地出拳。他是杰克·布里顿,从不停下来,一直出拳、一直出拳,才能够把文坛上追求完美出拳的本尼·伦纳德打个稀巴烂。

7.

谁是海明威心目中美国文坛的本尼·伦纳德？最有可能的人选，是和他同代的福克纳。海明威一八九九年出生，福克纳比他大两岁。一九五〇年，福克纳得了诺贝尔文学奖，随后的一九五四年，海明威也得了诺贝尔文学奖。两个人都是很美国式的作家，代表美国很不同的面向；都是现代主义的健将，对全世界的现代主义文学潮流发挥了巨大的影响力。

但这两个人却也有根本的、无法协调的差异。差异最明显地显示在这两个人明明都很多话，对这个世界充满了意见，却都没留下什么针对另一个人的评论。在好莱坞片厂当编剧时，福克纳改编过海明威的小说，但真奇怪，即使如此，福克纳都没留下对海明威小说明确的意见。海明威呢？被问到对福克纳有什么看法时，他的回答是："我真的没办法讲，除非我看完了他的作品，或至少弄清楚了我为什么看不下去，才有办法讲。"意思是他甚至还未曾尝试去读、去理解福克纳。不过他一方面说没办法讲，一方面嘴巴却没有停下来，他接下来说："不过我想像福克纳那样写小说，应该蛮容易的，当你拥有一座农庄，可以窝在谷仓里，准备一堆烈酒在旁边，每天写五千词完全不用考虑文法的文章，应该蛮容易的。"

海明威和福克纳不只有着不同的风格、不同的个性，而且他们看待小说的态度很不一样。他们试图用小说来表达的生命经验与终极关怀，很不一样。海明威觉得和印第安人亲近，却不太在意黑人。他是出生在芝加哥的北方人。可是在南方长大的福克纳，生命中最重要的参考坐标是黑白关系，以及南北内战的长远潜在记忆。战争对海明威也很重要，但绝不是以记忆的形式存在，战争是且只能是充满危险、威胁生命的刺激现实。

海明威的作家排行榜中，托尔斯泰比莎士比亚更重要，那是他真正想要追上、超越的目标，是他想象自己真正可以在擂台上遭遇的大拳王，不是像莎士比亚那样的传奇。海明威佩服托尔斯泰的一个理由，用他自己的话说："看看，这家伙怎么写《战争与和平》？他不是随便写的，关于战争，他是真的带着炮兵上到生死场上忍受过一切，才写出来的！"在海明威眼中，"带着炮兵上到生死场上忍受过一切"这件事比小说的成就更重要，或者应该更精确地说，这件事使得托尔斯泰的小说成就难以被超越。

海明威喜爱战争，甚至羡慕战争经验。福克纳也曾想加入军队去打仗，不过他被"退货"、被拒绝了，他后来还常常撒谎假装自己上过战场。然而，战争对这两个人的意义很不一样。海明威年纪大些时，明白了为什么许多读者会不好意思承认喜欢他的作品，尤其是他的早期作品，因为那里面透露出一种"热爱战争、享受战争"的态度。战争是他真的想要有的经验，他要去经历、记录，无法经历、记录时，才动用小说虚构来弥补。这跟一个最了不起的打者就是要去面对最了不起的投手是一样的。遇到一个真正够格的人，一个有理由也有力量将你摧毁的人，勇敢地去面对。海明威在战争当中享受这种挑战及其带来的惊悚，以及只有这种惊悚能够带来的自我荣光与自我满足。所以，海明威写的几乎都是当下的战争。他写第一次世界大战、写西班牙内战，写出参与战争的人的经验。

福克纳不是如此。福克纳没有真正上战场的第一手经验。不过就算他当年成功加入军队参战了，从战场回来后，他恐怕也还是不会写海明威那样的战争小说。福克纳要写的，他会写的，不是战争本身，不是战争当下的经验，是战争所留下来的记忆，以及战争所留下来的悲剧。

海明威写当下的战争，福克纳却写已经过去了的战争，两个人的叙述口气大不相同，两个人关心的焦点也必然大不相同。海明威总是在战争中看见人的光彩，一种奇特的愉悦，一种光荣，一种英雄主义，一种英雄情结。福克纳则集中写战争结束之后，经历了战争的人，还有更倒霉的，那些没有经历战争的人，他们别无选择必须承受的战争伤痛。

福克纳笔下关怀的，不是他同时代的战争。他没有正面写过第一次世界大战，也没有写过第二次世界大战。他擅长写的战争，是远在一八六〇年，他出生之前三十多年爆发的美国南北战争，那才是福克纳的战争。那场战争创造了他必须忍耐活下去的美国南方环境。海明威写的是近接切身的第一次世界大战、西班牙内战。他后来也试图写第二次世界大战，只是不像写第一次世界大战、西班牙内战那么成功。

一个写战争记忆所留下来的折磨，一个写当下战争所带来的刺激，腔调当然完全不同。我们甚至可以进一步扩大来说：福克纳的小说里充满了记忆，充满了鬼魂，充满了死了不肯走的人。在福克纳的小说里，就算是当下发生的事，都变得像记忆，像是已经发生过了的事情留下来的返影或幽灵，永远不会有单一的现在时间，永远都是过去与现在的时空交错。海明威恰恰相反，即使是写过去的事，在他笔下那些事都不会因时间的流逝而褪色，而是常保鲜亮，跟眼前、当下发生的事一般鲜亮。这两个都很了不起的美国小说家，一个是只能作为幽灵活在记忆里的作家，一个是无论如何也不肯变成记忆、不肯老去，当然更不肯死去变成幽灵的作家。

8.

海明威能够将所有记忆都转化为眼前、当下，靠的是他特殊的文学技法，尤其是他所运用的特殊语言。讨论海明威时一定会被提及的，是他的语言非常简单，简单到不可思议的地步。当年读者第一次读到这样的文字，感到不可思议，现在我们读到这样的文字，还是觉得不可思议。

例如说，他的名著《战地春梦》（或译为《永别了，武器》）的开头第一段。宋碧云的中文翻译是这样：

那年残夏，我们住在一栋村舍里，小村隔着溪流，平原与群山遥遥相对。河床中有岩石和沙砾，在太阳下显得干爽爽，白净净的。河水清澈湍急，现出澄蓝的色彩。军队由屋旁走向大路，掀起漫天残泥。树叶都蒙上一层粉末，树干也脏兮兮的。那年树叶提早凋落，我们眼看军队开过大道，尘土飞扬，树叶被和风一搅，纷纷掉下来。士兵一一推进，然后路面空空如也，只留下满地的落叶。

很漂亮的中文，很好的中文，但不是好的翻译。让我们对照看看海明威写的英文：

In the late summer of that year we lived in a house in a village that looked across the river and the plain to the mountains. In the bed of the river there were pebbles and boulders, dry and white in the sun, and the water was clear and swiftly moving and blue in the channels. Troops went by the house and down the road and the dust they raised powdered the leaves of the trees. The trunks of the trees too were dusty and the leaves fell early that year and we saw the troops marching along the road and the dust rising and leaves, stirred by the breeze, falling and the soldiers marching and afterwards the road bare and white except for the leaves.

去找任何一个初中三年级的学生，给他读这段英文，我敢保证，里面没有几个他不认识的单词。他用的单词简单到这种程度，没有几个超过五个字母。海明威的文法也简单到荒谬的地步。把这段文字念出来，你立刻会察觉他在中间用了多少"the"、"and"和"that"。另外他还很喜欢用"then"。他的句子就用这几个最简单的单词连接起来，听来像是没学过复杂句法的孩子在说话。伴随着简单的文字和简单的文法，必然的现象是同样的字、同样的句法不断重复。

读中文翻译，不会有这种感觉。因为译者宋碧云认得太多字了，给我们许多文雅且有变化的字。读中文翻译，我们一定会错失海明威作品给英语读者的冲击。英文读者阅读时心里很难不生出质疑："你怎么可以写得这么简单？"接着会生出第二层的冲击感：海明威的文字虽然简单，却绝不普通。表面上看来如此简单的文句里，很明显传递了你过去从来没碰触过的讯息。

鲁迅写过一篇文章叫《秋夜》，开头是："在我的后园，可以看见墙外有两株树，一株是枣树，还有一株也是枣树。"干吗这样写？不能更精简更有效地说"我的后园里有两棵枣树"？一加一不就等于二？然而阅读时，我们偏偏就是知道鲁迅的"一加一"写法，不等于直接就说"两棵枣树"的写法。在文学的领域里，抱歉，一加一真的不等于二。"二"这个数量是一回事，"一加一"则指涉了一个加法的程序，或加法的概念，那是不能由"二"这个数字来包纳的。

海明威的文章就是这样。很简单，表面上看来没给任何我们不认得的东西。然而他给了文字一种独特的韵律，将我们熟悉的东西放进由这种韵律组构成的气氛里，结果就产生了无法用别种方式表达的情绪与感情。千万不要小看这种简单的文字，不要小看这些不断重复的"and"和"the"。

翻译海明威作品最困难之处，就在于如何翻译这些不断重复的"and"和"the"。绝大部分的中文译者不敢用简单的直译法，或者该说用简单直译法的译本大概都被淘汰了，根本无法出版。没有人相信、没有读者能够接受"世界文学名著"的文字那么简单，那么直白，看起来像是改写给小朋友读的。就算译者想要译出那些不断重复的"and"和"the"，恐怕也做不到。这样的文字有它自己近乎纯粹的 rhythm，附随在这几个音上面的独特节奏，用中文的"这""那""和""及""与""跟"等字来译，意义就是不一样，更麻烦的是，节奏感就必定消失了。我们只能一边看中文翻译，一边拿海明威的原文在旁边一句一句、一段一段念出来，很少有哪个作家的"and"和"the"如此的重要，忽略了海明威的每一个"the"，那一定不能算是读到了原汁原味的海明威小说。

活到五十几岁，终于有一天，海明威愿意大方地把他的秘密和盘托出。海明威不是个吝啬的人，然而他如何打造出自己的文字风格，却是少数他一直吝于分享的事。一九五〇年，距离他写出我们前面引用的那段文字已经有超过二十年的时间，他终于在访问中说："每一个人都说《战地春梦》的第一段写得如何特别，如何奇怪，我终于要告诉你们这个秘密——那些都是老巴赫教我的。"

老巴赫？是的，就是我们知道的那个巴洛克音乐大师，有时甚至被尊奉为"西方音乐之父"的巴赫。海明威解释：他所写下每一个"the"、每一个"and"，就像老巴赫用对位法写音乐时，必须面对每一个音符，思考它们的和声效果，设计它们的节奏。他的小说，内在有着精密设计的音乐性，在应该反复的地方反复，在应该快的地方快、应该慢的地方慢。

"In the late summer of that year"，海明威这样写，宋碧云译为"那年残夏"，有错吗？没有错，但不准确，无法准确。用"那年残夏"开头，中文给我们的是不折不扣的回忆口吻。海明威用"In the late summer of that year"开头，虽然时态是过去式，但那一整段英文，却没有给人回忆的感觉。

为什么我们不会觉得那是回忆？因为回忆是经过整理的。已经知道了发生什么事，我们用后来的结果回头整理前面混乱的识见与现象，有所取舍，给予它们一套秩序与一套逻辑，回忆于焉建立。宋碧云译的中文，就透着这样的秩序与逻辑，是如此整理过后的结果。然而海明威的原文，远比中文混乱、琐碎多了。"Troops went by the house and down the road and the dust they raised powdered the leaves of the trees."有声音有影像让人注意到军队走过去了，路上都是他们经过时扬起的灰尘，然后顺着灰尘，我们才看到树叶，灰尘落在树叶上。下一句："The trunks of the trees too were dusty..."眼光又从树叶被带到树干上，发现树干也都是灰。这不就和鲁迅"一株是枣树，还有一株也是枣树"一样吗？

而且这句话没完。完整的一句是："The trunks of the

trees too were dusty and the leaves fell early that year and we saw the troops marching along the road and the dust rising and leaves, stirred by the breeze, falling and the soldiers marching and afterwards the road bare and white except for the leaves."

不只是好长的句子，而且是长得没道理的句子。重复讲了看到军队走过去，灰尘扬起来，讲了两次叶子落下来，然后又讲一次士兵行军过去……这在干什么啊？

这像是未曾经过整理的、直觉的、琐碎的记录，来不及进入意识好好排比删节，直接就照着看到、想到的冒涌出来了。海明威的文法很烂，但那是一种匆忙、速写、担心不赶快写下来就会遗失忘掉式的烂法。

海明威刻意打破文法的秩序，也可以说是打破了秩序的文法（grammar of the order）。接连出现的，是文法秩序之前的东西。还来不及整理出文法的秩序，也就不会有秩序的文法。海明威破坏了文法的秩序，却偷偷代换了另外的秩序，让我们不会对这种混乱感到厌恶而读不下去。文法的秩序在海明威的文字里被音乐性、声音的秩序代换了。所以他的文字既有混乱带来的现场感，又有潜在节奏秩序带来的流畅安稳。

9.

《战地春梦》小说开头没多久，写到了主角叙述者
"我"离开战地去放假。本来说好了，他放假时要去随军
神父的家里走走，结果他没去。回到前线后，为了这件事，
神父很不高兴。叙述者必须对神父解释，自己为什么违背
诺言没有去。他的解释是：

> 我曾经想要去阿布鲁奇。我从来没到过路面冻
> 结如铁的地方，气候晴朗，寒冷而干燥，雪花干如白
> 粉，雪地上有兔子的足迹，农夫会脱帽叫你老爷，有
> 精彩的打猎。可是我却没去那个地方。我只找了烟雾
> 弥漫的咖啡馆，晚上头昏眼花，你盯着墙壁，房间才
> 不会继续旋转。晚上醉醺醺躺到床上，你知道一切就
> 这么回事儿。兴奋中醒来不知共眠的是何许人也，一
> 切就这么回事，就这么回事根本不在乎。突然就又非
> 常在意，又昏昏睡去，醒来已经天亮，一切都过去
> 了，一切都锐利而冷酷，清清楚楚。有时还为价钱争
> 论不休，有时候还很愉快，充满温情并共进早餐和午
> 餐，有时候美好的感觉消失了，乐得到街上走走，却

总是另外一天的开始，然后是另外一个黑夜，我想说出夜晚的情形，分辨白天和夜晚的差别却没有办法，就像我现在无法分辨一样……

　　同样的，这是好的中文，却不是能够有效传递海明威风格的文字。第一个大问题是标点符号，第二个大问题是口气。中文翻译让我们一下就读懂了，但也因此我们就误会了叙述者和神父两人间的对话关系。中文清清楚楚，叙述者在告诉神父说：放假时本来想去你家，但我去了一个没去过的地方，就在一直混一直混，喝醉酒，找女人上床，混得昏天暗地，所以就没去你家。如此而已。听到这样的话，神父怎么会谅解呢？

　　海明威的原文不是这样的。听海明威书中写的，你会有截然不同的感受。

　　……I had wanted to go to Abruzzi. I had gone to no place where the road were frozen and hard as iron, where it was clear cold and dry and the snow was dry and powdery and hare-tracks in the snow and the peasants took off their hats and called you Lord and there was good hunting. I had gone to no such place but to the smoke of café and nights when the room whirled and you needed to look at the wall to make it stop, nights in bed, drunk, when you knew that that was all there was, and the strange excitement of waking and not knowing who it was with you, and the world all unreal in the dark and so exciting that you must resume again unknowing and not caring in the night, sure that this was all and all and all and not caring. Suddenly to care very much and to sleep to wake with it sometimes morning and all that had been there gone and everything sharp and hard and clear and sometimes a dispute about the cost. Sometimes still pleasant and fond and warm and breakfast and lunch. Sometimes all niceness gone and glad to get out on the street but always another day starting and then another night.I tried to tell about the night and the difference between the night and the day and how the\night was better unless the day was very clean and cold and I could not tell it; as I cannot tell it now.

这一段英文，应该任何一个高中生都念得出来吧，然而就算是大学英文系的教授在念的过程中，都会觉得有点头晕眼花，不是很确定这些简单的单词联系在一起，究竟要描述什么、要说什么吧！这正是海明威要的效果，或说他要借这段文字传递的感觉，即说话的人自己都搞不清楚为什么会没有照预定的计划去阿布鲁奇，他在半路一个莫名其妙的地方，经历了一阵他没防备的混乱，就被那样的混乱生活吸进去，出不来了。

他说："I had wanted to go to Abruzzi." 然后接着用 "I had gone to no place" 引领下一个句子，罗列了他对阿布鲁奇这个地方的种种想象，也就是对于要去阿布鲁奇的高度期待。然后再下一句，是 "I had gone to no such place but……" 句头的文字反复，却带出相反的讯息。他没有去阿布鲁奇，却去了一个完全不一样的地方，一团混乱的地方。中文翻译译出了"兴奋中醒来不知共眠的是何许人"，却漏掉了后面的 "……and the world all unreal in the dark and so exciting that you must resume again unknowing and not caring in the night"，黑暗中世界如此不真实，不真实得令人兴奋，以至于你不得不盲目地再来一遍，夜里什么都不在乎。在那当下，这就是一切的一切的一切，其他的都不在乎了。可是又会突然一百八十度大转变，变得再在乎现实不过，夜里的模糊虚幻到早上突然变成锐利、坚实、清晰，乃至于和妓女争起价钱来。但也有些时候，早晨仍然维持着快乐、喜爱、温暖的心情，一起去吃早餐和午餐。不过这里海明威用的句子是："Sometimes still pleasant and fond and warm and breakfast and lunch." 三个形容词后面接两个名词，文法上乱七八糟，和他的经验记忆一样乱七八糟。

虽然不是内心独白，但海明威的这段文字，很像乔伊斯的"意识流"，复制了"意识流"那样的断裂、跳跃、混乱，也就同时复制了"意识流"的非理性或前理性特色。叙述者对神父说了一大段他自己都不见得听得懂的话，因为他那几天的经验，连自己都无法理性地理解。那神父还能怎么样？他想去阿布鲁奇，却身不由己、情不自禁停留在另一个地方，遇到这种不是说明的说明，神父还能跟他计较什么？

还有更深一层的，用这种方式展现出的混乱，不期待神父或读者能够了解。可是不求了解，非但不是拒绝沟通，反而是最有效，甚至是唯一的沟通方式。不是理解，而是共感的沟通。这种文字不是混乱过去之后用逻辑和文法整理过的结果，而是传递混乱状态的临场感，直接召唤听者、读者从自己的经验上呼应。你会被文字召唤起自己生命中曾经经验过的混乱：搞不清楚自己为什么在那样的地方做那样的事，却又绝对无法从那样的情境中拔脱出来。前面引用的文字之后，下一句是："But if you have it you know."是的，神父及我们不了解他在讲什么，但奇怪的，我们偏偏就是知道那种感觉、那种经验，要否认都无从否认，也就无从对这个没信守承诺去阿布鲁奇的混蛋发脾气了。

10.

在海明威之前，我们还真不知道语言可以这样用，可以用这种方法复制、反射那样的混乱过程，让那过程如浮雕般从生活中站出来，变成我们不得不知道的事。

作为小说家，海明威的影响和福克纳大不相同。福克纳是"小说家的小说家"，写小说、想写小说的人读了福克纳会很受刺激，因为福克纳的作品逼着他们去思考小说到底是什么。读福克纳的小说，一定让人觉得小说是件如此复杂而艰难的事。很多本来想写小说的人读了福克纳，就决定放弃了。怎么可能耗费这么大的力气去干这件事！而且福克纳小说中弥漫了命定、无奈的气氛，读者或许会欣赏、佩服福克纳，却不容易觉得跟他亲近，除非是像马尔克斯那样自己是个小说大天才的人。我们读福克纳，总觉得那是奇怪的人、陌生的生命在我们眼前搬演，福克纳及其小说是以其陌生性（strangeness）感动我们的。

海明威刚好相反，他总是让读他小说的人，生出想要自己来写小说的冲动。"喔，小说原来这么简单，那我也可以写啊！"我们一般的习惯是认为文学家一定要认得很多字，用上别人不会用的字，才写出配称为文学作品的东西。我女儿上小学时，有一天突然问我："爸，你觉得你平常写稿用到多少字？"我听不懂这问题在问什么。她就解释：上语文课教生字时，老师顺口说了一句，要应付一般日常需要，得认两千个中文字，但有些文学家会用的字有三千个，甚至四千个。听老师这样说，女儿就回来检验看看我是不是有当文学家的资格。就是这样的概念。抱持这样的概念，读海明威会很惊讶："用这么少的字也可以写小说！也可以当文学家！"这些字你都认识，平常你也都用，觉得自己会用，海明威只用跟你一样多，甚至更少的字，写出这么吸引人、这么好看的书，很自然地，你心中油然生出两千多年前刘邦看到秦始皇车队从眼前堂皇驶过时的感叹："大丈夫当如此也！"你觉得你也要写这样的小说，也觉得自己应该有条件可以写出这样的小说。

海明威让不写小说的人想写小说，他也给正在写小说的人另外的冲击。读了海明威，写小说的人不能不生出自我质疑："为什么我的小说写得那么复杂？我需要用这么复杂的方法写小说吗？"海明威刺激出一种在文学里的"奥卡姆剃刀"逻辑疑问。哲学里的"奥卡姆剃刀"指的是：如果找得出更简单的方式来推论，我们就没有理由采用比较繁复的程序。即使是成熟的小说家都觉得很难抗拒海明威的文字，会被海明威牵引着去精简自己的文字。

加起来的效果就是：海明威创造了数不清的模仿者。模仿海明威看起来太简单，太有道理了。不过，要模仿海明威模仿到真的像海明威，比绝大多数海明威模仿者想象的都要困难。在这一点上，海明威的情况很像村上春树。村上春树也常常给人很好模仿的错觉。原来小说不过就这样，就写一个人永远用类似的方式说着奇怪的话。例如一个女生问他："你现在要干吗？"他就说："干什么好像都可以。"女生说："那你爱我吗？"他就说："爱也可以，好像不爱也可以。"都是这样。写不下去，剧情推演不下去时，就让这个人去做三明治或煮意大利面，要不然就让他去放唱片，开始听音乐。小说可以就这样简单地写下去。

村上春树当然没有那么简单。很多人学村上春树在小说中塞了很多符号，却很少人学得到他运用这些符号，以这些符号当作典故、互文的高妙手法。模仿村上春树的人在小说里放进音乐的符号，写着写着刚好爱乐电台在播放舒伯特的《死神与少女》，那就让小说里的主角听《死神与少女》好了。但村上春树不是这样写的，他提到的一首乐曲、一本书，甚至是一个地点、一件衣服，都不是如同表面看的那样信手拈来。那是他藏在文本里的暗码，如果你循迹去听了那音乐，读了那书，了解了那地点与那个衣服品牌的特殊意义，就会发现小说的内容随之复杂、丰富了。

海明威表面上看来好模仿，但有一项藏在他简单文字后面的特性，却是几乎完全模仿不来的。那就是他的基本生命态度：他的拳击想象，他的好斗，永远在和假想的劲敌对垒的这种生命态度。这种人不可能随手写出简单的文字，就拿来当作自己的作品。那样怎么上得了文学的擂台跟人家抢夺拳王腰带，或摆出王者姿态悍然卫护自己的王位呢？

11.

海明威笔下这些简单的文字，都是他花了很大力气去修出来的。海明威写小说写得很快，例如说《太阳照常升起》，大概只花了六个礼拜就写完。不过，写完之后就开始了漫长的修改过程，其中有种英雄气概、野性气概在。他修稿子的第一个步骤是重读，然后将重读时自己认为写得不错的地方标示出来。接着，完全出乎我们一般的预期，他就试着将被标出来的地方删掉——我没讲错——把那些他认为自己写得好、写得出色的地方删掉。

这是他最奇特的方法。他认为作品好不好最有效的判断，是看它能够承受被拿掉多少突出的好句子、好段落。为什么自己觉得好的句子、段落反而要丢掉呢？这背后牵涉的是海明威的个性，以及依随这份个性而来的美学观：
"男性气概"（masculinity）的美学偏好。去问海明威什么是男人？抱歉，你一定只能得到带有性别歧视意味的答案。他一定会提到，男人和女人的最大不同在于："男人是真的。"

话里的意思是女人就不是真的。他说过他认识的那么多女人中，只有一个是真的。那是玛琳·黛德丽（Marlene

Dietrich），一位德裔好莱坞大明星，声音沙哑，形象冷艳，而且好像手上永远拿着加了长滤嘴的烟。为什么只有玛琳·黛德丽是真的？因为她不迎合、不讨好，不装模作样希望人家错以为她更可爱或更可亲些。

海明威最无法忍受、觉得最不可原谅的就是装模作样，尤其是虚张声势。所以他不喜欢擅长投变化球的棒球投手。变化球是骗人的，让打者以为球会去那里，实际上球却跑向了另一个地方，靠这种方式使得打者误判。这本来是投打对决中理所当然的一种投手取得优势的方法，但海明威就是不喜欢，因为违背了他的男性阳刚美学。

他讨厌装模作样到了近乎病态的地步。修改小说稿，他首先必须确认自己写出来的句子、段落，不会让人家觉得做作。每一个看来特别吸引人的句子、段落，都得特别被拿出来检验，认真地问：这是不是故意在吸引读者的眼光？是不是像女人化妆、穿上华服，所以才会让人一眼就看到？他要不客气、不吝惜地将所有装模作样的内容都拿掉。

修改时，他看到一个长一点的多音节词，眼睛就会痛。看到一个包括十个、十二字母的单词，他的直觉反应是：我怎么会写出这种词来，它非得在这里不可吗？不能换成另一个简单点的词吗？修改时，他看到一个句子里面有两个动词，眼睛就开始痛。他的直觉反应是：一定要有两个动词吗？我不能用更简单的方式来组这个句子吗？海明威的文章里很少出现子句，每一个句子都尽量通透到底，不会句中有句，大句子里包夹小句子。

他的修改常常都是删节和拆解。把复杂的句子拆开来。他大量使用短句。就算是乍看很长的句子，仔细看，那句子的文法通常也都是简单的。为什么海明威的小说里用那么多"and"？正是因为他一直在拆句子，把句子拆成一小段一小段的简单元素，再用"and"把它们连缀在一起。

这是他深信不疑、无可动摇的美学信念，心底的坚决执着，所以才会去想象、打造出那样的文字。我们被他的文字打动，因为那其实是得来不易的艺术心灵琢磨的结果，也因为透过这样的文字，我们不自觉地感受了他那份美学信念的力量冲击。

海明威不愿装模作样，老是要把所有看起来说得太多、说得太漂亮的东西拿掉，因而他最好的作品都成功地邀请了读者，一边看他小说里给我们的那点平淡贫乏的内容，一边积极地自己把那些被藏起来没有说出的部分，用想象补上。他的小说记录了一个男人把他能讲得出口的话说了，内在却还有更多他说不出来、说出来就会使自己觉得恶心的东西。我们理解了这样的压抑状态，忍不住动用感情与想象，把那些说不出来、说出来就装模作样了的内容，不由自主地补了回去。经过了如此过程，海明威的小说就在我们心中发光，让我们觉得如此漂亮、如此精彩。

12.

不过这样的美学，有其风险，有着比一般"正常的"表现手法更高的失败风险。

说到什么程度刚好能刺激读者的想象与感受补充参与，多难拿捏！在一些作品里，海明威拿掉了太多重要的、应该要讲的话，以至于读者看得迷迷糊糊、莫名其妙，没有办法帮忙补充。像《春潮》，一部很少人知道的作品，就是因为海明威觉得自己初稿写得太娘娘腔，太"sentimental"，猛改猛删，到后来连关键的情节线索都被删得支离破碎，以至于很难吸引人读下去。

毕竟，海明威不是福克纳。福克纳的《喧哗与骚动》

一开头就摆出神秘复杂的姿态，故意让人无法一眼看透究竟是谁在说话，在描述什么。要读下去，读者不能不有心理准备，你得很认真、很用心，像面对数学作业一样专注费力，不然就进不了福克纳打造的小说世界。海明威的小说表面看起来那么简单，读者没有准备要在阅读过程中帮他费神拼图，当然就只能放弃不读了。

还有一些作品，海明威又留了太多感性的东西，以至于看起来很"不海明威"。他有另一部也没太多人知道的小说《渡河入林》，一部命运乖违的小说。阅读这部小说最大的困扰是：海明威自己多次在不同地方，给这部作品很低的评价。他自我批评的焦点，放在《渡河入林》小说结尾处，主角上校死前的那一段。他的说法是，上校死得"too operatic"了。直接翻译，是说这一段写得太像歌剧了。

"太像歌剧了"是什么意思？最简单的解释：基本上一部歌剧的成功条件之一，就是要有一个烂剧本，在一般文学、戏剧标准上看来的烂剧本。只有剧本够简单、够荒谬、够荒唐，才能给音乐充分的表现空间。歌剧毕竟是以音乐表现而非戏剧表现为主的。每个角色都动不动就唱一段，歌剧的剧情推动一定缓慢，一个晚上演下来，演不了太多情节。然而好的音乐一定要有强烈的情感在背后，所以歌剧又要有许多浓烈的爱恨喜悲情景，方便安排咏叹调。想想，没有时间铺陈，却又塞入许多强烈戏剧性的段落，这种剧情能不烂吗？一对男女才刚在花园里见面，突然就爱得死去活来，再一下子，马上就又被天上掉下来的灾难弄得生离死别，这就是典型"operatic"的戏剧表现。

显然，放在小说评论上，"operatic"不会是个好字眼。想想歌剧《茶花女》的结尾吧！剧情中得了肺结核即将去世的女主角，却一直唱一直唱，唱得淋漓尽致欲罢不能，哪有一点像真实世界里被肺结核折磨得虚弱无力的临终病人？海明威嘲笑自己写的《渡河入林》，结尾处那个上校简直就像歌剧里的"茶花女"，要死了还讲这么多话，让他很受不了。

我其实并不觉得《渡河入林》那么失败，甚至觉得上校最后的回想挺感人的。不过海明威就是这样，听到人家说："读了你的作品好感动喔！"他的反应会是："Oh my God! What had I done?"（糟了，怎么会这样？我做错了什么？）即使他明白你的感动是什么，是怎么来的，他也不会承认，他不能承认，这个是他生命内在的一种不能退让的立场。他无法忍受"sentimental"，他反对"sentimental"的风格，尽管他的小说里不可能完全没有"sentimental"

的成分，更不乏"sentimental"的力量，但他就是不能承认，更不能去肯定。

13.

格特鲁德·斯泰因七十二岁那年，被诊断得了胃癌，安排在七月二十七日下午动手术。进手术间时，跟她一起共同生活了四十年的情人、伴侣艾丽斯·托克拉斯（Alice Toklas）陪着她。斯泰因的神智看起来很清醒，她突然问托克拉斯："答案是什么？"托克拉斯显然不明白斯泰因要问什么答案，沉默着没有回应。斯泰因就又问："既然没有答案，那问题是什么？"托克拉斯也不知道如何回答这个没头没脑的问题。问过了这两句话后，斯泰因就被推进手术间，上了麻药昏睡过去，然后就再也没有醒过来。

这段事情，被记录在托克拉斯的回忆录《记忆所及》（*What Is Remembered*）里。这本书几乎都是关于斯泰因的描述，没有理由托克拉斯会不记得、会记错她见斯泰因最后一面时后者所说的话。就算这两句话实际上不是斯泰因生命中最后的两句话，也不减其高度的象征意义。它简洁明了地显示了现代主义究竟是什么。

斯泰因最后的话语提醒了我们，现代主义基本上是人进入一种新的状态中，他或者她不再理所当然地追寻答案、找到答案，不只是不必然找到答案、弄得清答案，很多时候就连到底自己在问什么样的问题，都搞不明白。

进入现代主义之前，文学、艺术、文化是怎么回事，在追求什么呢？欧洲从启蒙主义时代开始，上帝、教会、神学明显地退位了。换另一种方式说，这些提供现成、明确答案的力量，不再是人们理所当然接受的权威。上帝、教会、神学权威笼罩的时代，人活着就是学习、接受这些现成、明确的答案。生活上会遇到的问题，不管是个人的还是集体的，都有现成、明确的答案，至少都受到一个万能答案管辖——只有上帝知道，上帝不让我们知道，一定有他的理由，那我们就不需要、也不应该知道。

启蒙主义重要的贡献与成就，就是质疑、动摇了这些过去的标准答案。启蒙精神就是要用理性的探索，取代本原由上帝、教会、神学专断把持的答案。启蒙主义带着乐观、自信的昂扬精神，果决、大胆地挑战、推翻旧答案。不过，既有的旧答案被推翻了，至少是被赶到边缘去了，新的替代答案却没有想象的那么容易出现。启蒙主义提出的理性、科学，短时间内还无法真正取代上帝，没有办法像原来的上帝信仰那么好用、那么有用，可以让大家都安心、安稳地活在那样的答案里。

所以我们真正看到的是：答案不见了，真正代替的，不是新答案，而是对于答案的追寻；对于答案的追寻取代了答案本身，变成更有意义的生活基础。人们花在找答案上的精力远超过信奉、追随任何单一的答案。十九世纪之所以伟大，就是因为那是一个找寻答案的世纪，每一个人都以不同的形式参与到找寻答案中。十九世纪的欧洲最特别、最特殊的，不是他们提供了什么样的答案，而是他们勇敢无畏地问了那些大问题，又以实质或心灵的冒险去探索答案，或至少是开发提供答案的可能性。

在这过程中，问了很多问题，找到了很多答案，然而没有一个答案能够取得普遍的、恒久的权威。探索开出那么多条不同的路，涌现了那么多暂时的答案：前面的答案刚建立，后面新起的答案就将它推翻，或是前面的答案刚建立，它的事实或逻辑根源就又被新的问题往后推。几十年、上百年下来，那么多追求，那么多答案，反而让终极的、确定的答案看起来愈来愈遥不可及。

为什么在十九、二十世纪之交，会出现现代主义的潮流？一种解释是：欧洲人对于追寻答案这件事情，发生了态度上的根本改变。以前认定的前提是：我们没有答案，所以要去追寻，这是所有一切生活意义的源头。"现代主义"却给了一项惊人的揭示，一项停歇与反问："等等，有人证明过，真的最重要的事就是去找答案吗？"要证明真的最重要的事是找寻答案，那至少必须先弄清楚：我们知道自己到底在问什么问题，而且这样的问题，是值得问的。

换个方式说，现代主义将人存在的意义，往后推了一步，把本来人们兴致勃勃探问的问题，放到多一重的括号里，在开始回答之前，先确认：这样的问题是有道理的问题吗？是该问的问题吗？是值得问的问题吗？现代主义之所以现代，因为它制造了与传统时间的断裂，翻转了过去认定为理所当然的价值——答案很重要，追求答案很重要。现代主义不接受这项价值，它不觉得答案一定比问题重要，它甚至不确定我们真的想要、真的应该去追求答案。

现代主义之前的各式各样的哲学思潮、艺术主张，基本上都是在给答案、呈现答案、解释答案、分析答案或揭露追寻答案的过程，至少在显示对于寻找答案的热情态度。现代主义很容易令人不安，因为它跳开答案，要退一步去提关于问题的疑问。现代主义不接受、不相信现在已经是可以给答案的阶段。

14.

格特鲁德·斯泰因是这波现代主义潮流在文学方面的重要先锋。她一八七四年出生于美国，毕业于拉德克利夫学院。今天美国已经不存在独立的拉德克利夫学院，这个学院已经被并入哈佛大学。在斯泰因那个时代，拉德克利夫学院只招收女生，实质上是哈佛大学的分支。就是因为哈佛大学的本科部哈佛学院只收男生，所以才另立新的学院，让聪明优秀的女生也能接受哈佛的教育。

斯泰因在拉德克利夫学院遇到许多重量级的教授，其中对她影响最深的是在哈佛教心理学的威廉·詹姆斯（William James）。威廉·詹姆斯很欣赏斯泰因，鼓励她去研究心理学。斯泰因还不到二十岁，就在心理学领域完成了重要的实验，研究"自动现象"。什么是"自动现象"？那是有些人进入受催眠的状态下，表现出来的特殊能力，可以同时进行两种智力活动，例如一边讲课，一边写和正在讲的内容全无关联的稿子。人只有进入催眠状态才会有这种一心二用的"神功"，依照斯泰因的研究解释，那是因为其中有一种能力，被置放在"自动"状况下。

也就是说，只有一种能力，是在显意识层，照着本来的方式发挥的，另外一种能力，则不进入显意识，是在内在潜意识中自动运作。因为分属两种不同意识层次，这两种能力才能不互相干扰，可以同时进行。"自动现象"证明了人的意识分流动态，以及意识分层结构。

一九〇二年，格特鲁德·斯泰因放弃医学院学业，同哥哥利奥·斯泰因离开美国，先是去伦敦，后来去到当时全世界的文化、艺术、学术中心——巴黎。在巴黎，斯泰因认识了托克拉斯，和托克拉斯结成了显然是同性恋的情人关系。

到今天，巴黎的蒙帕纳斯区仍然留着斯泰因的故居，在弗勒吕斯街 27 号。留着这间房子，大有道理。有十几二十年，这房子是巴黎最先进的沙龙，也是巴黎最前卫的画廊。具备开创性的艺术家们，热衷于参加这个沙龙的活动，然后将他们的作品卖给斯泰因兄妹。画廊里有高更、塞尚等后期印象派大师的作品，也有以反抗印象主义为号召的年轻一代如毕加索、马蒂斯等人的作品。老的、少的，知名的、混迹的，都齐聚在斯泰因家，他们刚刚完成的各式风格的作品，在斯泰因家的墙上排排站。

在巴黎，格特鲁德·斯泰因放弃了心理学研究，转而投入文学创作。她第一部出版的作品，书名叫《美国人的形成》（*The Making of Americans*）。我在美国留学时买过这本书，但现在不在手上，离开美国时没有带回来，因为我当时相信自己一辈子不会去看这本书，毫不犹豫地送给了朋友。《美国人的形成》这一本恐怖的书，那个时候在美国能找到的，只有一种版本，九百多页，厚厚一大本，像字典似的，更恐怖的是里面的字排得密密麻麻，也几乎和字典一样密！印象中，我大概读了二十多页吧，很快就在心中怀疑地问自己："我真的有办法读完一本跟字典一样字多的书吗？值得吗？"我问周遭的朋友，包括专攻美国文学的研究生，啊，没有一个人读完过这本书，甚至没有一个人读得比我多。我安心地放弃了这本书，反正我不会是第一个，也不会是最后一个读不了《美国人的形成》的人。

我当然错了，不该把那本书丢掉。我后来发现了，这书其实有它的道理，也就有顺应着那道理的特别的读法。我接触格特鲁德·斯泰因其人其作时，已经听说《美国人的形成》是一部重要的现代主义经典，而且是现代主义经典中，最少人读的一本。这个头衔，不简单，表示《美国人的形成》甚至比乔伊斯的《尤利西斯》更难读、更少人读。但我当时没有自觉地去探问这里面的矛盾——为什么几乎没有人读过的书，还能够变成经典？都没有人读，怎么知道它好？没有读，又怎么主张这本书是一部具有文学史意义的经典呢？

这问题的答案应该是：《美国人的形成》这部书之所以为经典，正在于它的艰难程度，它是因为太难读了而成为经典。任何人，包括我，不需要读完全书，都知道这本书很难很难读，而且稍微用点心，你也就能确认这本书不是不小心写成那么难读的，不是因为斯泰因能力不足写坏了所以变得那么难读，每一行每一页你都看得到斯泰因大大咧咧、挑衅地表示着："难是我故意的！"

这是一部摆出嚣张姿态去挑战传统叙述的书。传统叙述有一种基本惯性，要把话说清楚。叙述本身就带着一个假设与一份道德责任。叙述的源头，是聆听者给予的注意，让叙述者拥有叙述的权力。赋予叙述权力的这种聆听与注意的态度，同时也就给予叙述与叙述者一定的限制、要求：你得有把握你所叙述的，是值得叙述、值得聆听的；还有，你得有本事将话讲清楚，让聆听者付出的帮助能有所收获。

我们所习惯的叙述，是经过整理的内容。这是很难打破、也没什么道理要被打破的惯性。就像一个老师站到讲台上，我们想都不必想就假定他不会想到什么讲什么，随口胡说一通。他会，也应该讲出事先整理过、准备好的内容。

叙述是整理过的，对应、对照于我们的自然感受与思想。感受与思想是凌乱、混杂的，然而我们一旦要将感受、思想表达出来，形成叙述传递给别人，就会有压力必须收拾凌乱、去除混杂，将叙述编织在一种较为正式的秩序里，也就是建构一种叙述的秩序。我们长期接受日积月累的训练，将这种叙述的惯例与责任深植到内在规范中，尤其是使用文字时该有的秩序要求，又比说话更严格。

格特鲁德·斯泰因以及她同代的现代主义的作家们，开始挑战、反叛这样根深蒂固的叙述惯性。斯泰因的心理学研究背景，使得她能够比一般人更加敏锐地察知这份惯性的存在及其强大的约束力量。一般人往往以为自己讲的话，就是自己心里想的。心里怎么想，嘴上就怎么讲，以为这是同一回事。斯泰因研究"自动现象"的经历，让她很容易看出这不是一回事，这中间有差异，有一段自动整理的过程被忽略了。人的思想、感受的变化，远非语言、叙述所能追得上。真实的思想、感受的流变不会立即浮现成为我们说出来的话语。

15.

在她的小说里，斯泰因要打破之前所有小说遵循的惯性写法，努力试图还原未被整理前的非叙述。相较于斯泰因的《美国人的形成》，就连乔伊斯的《尤利西斯》看起来都还更整齐些。《尤利西斯》是由意识流组构而成的，像是我们内心真正独白的忠实记录。在内心里，我们其实很少把一句话有头有尾说完，更不会在意自我沉默的独白中，前一句和后一句有什么逻辑关联。思考与不断变换的感官讯息错杂在一起，一直跳跃，一直跳跃。乔伊斯将一个人的跳跃独白记录下来，形成了《尤利西斯》的核心内容。

斯泰因的做法，比乔伊斯更激烈、野心更大。她不只要记录未经整理的意识流，还要以对照的方式，让我们清楚感知非叙述与叙述之间的巨大差异，进而体会非叙述比叙述更庞大、更有力。小说的前面，斯泰因先用一种传统的方式讲两个人的成长遭遇，而且刻意将那样的经验写得很平庸、很无聊。然而到了读者应该失去耐心的时候（我当年还没撑到这一点，就失去耐心放弃阅读了），会有横空袭来的一个新的叙事声音，突然说："我跟你讲这些东西有什么意义？真是不知道到底我为什么跟你们讲这些东西。"这样的喃喃自语取代原来的叙述："我为什么必须讲这件事情？我在说的这件事情它本身的意义是什么？"再下来，叙述与喃喃自语，整理前与整理后的讯息开始彼此交错、混杂，在那过程中，让读者同时看到原始材料、叙述的改造，以及改造后的结果。

书中充斥了许多既不是叙述，也不是情节，也与角色无关的东西，充斥了作者对于"说"这件事情本身的种种犹豫、考虑，乃至自我怀疑、自我否定、自我怨恨，也就是说，书的主题转而变成了作者后悔写了这样一本书，滔滔不绝地告诉读者，写这样的东西是没有意义的，反正就算我写了，你们也读不懂、也不在乎我写了什么。

"I mean I mean and that is not what I mean." 是书中典型的句子。先说"我的意思是"，然后如同结巴般再讲一次"我的意思是"，感觉上连要用"我的意思是"来作为句子的开头，她都还在犹豫、没有把握。而她要说的，是"我的意思就不是我的意思"。再接下来："I mean that not anyone is saying what there are meanings. I mean that I am feeling something." 不是每个人说的话都是有意思的，但我现在觉得好像有什么意思要说。那她要说的是什么呢？"I mean that I am feeling something. I mean that I mean something and I mean that not anyone is thinking, is feeling, is saying, is certain of nothing. I mean that not anyone can be saying, thinking, feeling, not anyone can be certain of nothing. I mean I am not certain of nothing. I am not ever saying, thinking, feeling being certain of nothing. I mean I mean I know what I mean." 九百多页小说的大部分篇幅，就是用这种语法写成的。混乱、分裂，没有明确的秩序，更没有可以提供阅读指引的组织。更重要的是，没有明确的讯息在这漫长的书写中被传达出来。

九百多页的篇幅中，有很多很多反复，反复的词、反复的句子、反复的段落、反复的意思，当然不是单纯的反复，而是将已经讲过的话再讲一次、再讲一次、再讲一次，每一次改动几个连接词，或改动字词的排列顺序，或者是加上否定或质疑的口气，造成了真的很不容易克服的阅读体会。任何一个句子都很 "muddy"（混浊、混乱），经过几次反复，你好不容易好像搞懂了这句子的意思，突然，下一个句子，仍然是反复，但前面莫名其妙地加了"It's not I mean"或"I mean not I mean"，于是原本好不容易懂了的，又立刻变不懂了。

《美国人的形成》是本经典，因为它创造了一种叙事。书中的叙述要让你体会、让你意识到人的语言与说话，以及平时在书中读到的、由文字组成的叙述，是多么不真实的东西。如果真实意味着回到我们进入叙述状态前的感觉与动机，引发我们想要叙述的那种经验与感受，那么一旦开始叙述，原来的经验与感受就一定要被整理为可叙述的内容，那就不再是原来的东西了。

借由这样的写作，斯泰因在提醒：我们总是写出，也总是只能看到整理过的东西。整理前的原始"情况"（instance），刺激创造出叙述动机的那个真实时态，却在整理过程中消失了。回到那个真实时态，那么人要讲要写的，就没有那么干净、整齐，也没有那么单纯明白。

借由这样的写作，斯泰因还要显现语言这个现象的本体。语言这个现象的本体，比我们想象的、我们愿意承认的，来得麻烦些。被诉说、书写下来的语言，不是语言的全貌。在其背后，有"unuttered"的语言，真实存在却没有被说出来、没有要被说出来的语言。我们用语言思考，也用语言感受，然而我们用来感受、用来思考的语言，和我们用来诉说、书写的语言，不全然相同。我们很容易想当然地以为说出来的和没说出来的语言是同样的，但其实不是，真的不是。

斯泰因的小说，以及许多现代主义的作品，就是试图要还原、捕捉那"另一种语言"，我们内在感受、思考的，没有被叙述整理过的语言，"unuttered language"。"unuttered language"充满了重复，充满了碎词，充满了好像一直在绕圈圈的东西。如果你明了了这是整理前的内心语言的真实复制，那么那样的语言非但不啰嗦、不艰涩，反而带有一种未经中介的直接、直率、麻烦，一种"immediacy"，因为它更接近日常生活中，绝大部分时间里我们所使用的语言。

绝大部分一般人在日常生活中，使用内在不讲出来的语言（silent language）的频率、次数，远超过讲出来的语言（uttered language）。其实我们大部分时间活在混乱、混淆、错乱、未经叙述整理的语言当中。但是每当想到"语言"、讲到"语言"时，我们却总以表面的、整理后的语言为对象，以为那才是"语言"。

斯泰因在九百多页的小说里，就是还原、提供了这样超级啰嗦，但其实也超级简单的语言，更接近现实的语言。如此对照出：简洁、有条理的叙述，不是真的那么天经地义，不是我们运用语言的唯一方式，甚至我们运用语言最普遍最平常的方式。

斯泰因的书很有影响力，即使没有几个人读过，更少有人读完。这本来就是一本不需要读完的书。写得那么长、那么啰嗦，让人读不完，是其魅力、影响力的一部分。稍稍接触这本书，就能给写作者带来醍醐灌顶的启发。是的，我们不必然要一直写表面的语言，有一个更庞大的内在沉默语言的世界，就在每个人身体中，等着我们去探索。

16.

斯泰因会写出这样的作品，一个深刻的影响源头，是前面提过的心理学研究经验。那个时代的心理学，不管是弗洛伊德的那种，还是斯泰因的老师威廉·詹姆斯的那种，基本倾向都是在心理的层面把人拆解开来。其前提是不再将人看作一个整体，而是挖掘出在人格与心理上，人有好几个不同，甚至冲突、矛盾的部分。

斯泰因所受到的第二项深远影响，是当时巴黎如火如荼展开的视觉艺术革命。正在思考、试验立体主义的毕加索和他的朋友们，就经常在斯泰因居住的弗勒吕斯街 27 号进进出出。斯泰因参与了他们的讨论，并给予他们许多鼓励。

乍看立体主义的画作，包括毕加索这个时期的作品，很多人都会觉得莫名其妙。画里的女人不像女人、吉他不像吉他，没有让我们觉得美的形象，也没有办法让我们赞叹画家描摹功夫到家的逼真表现。很多人抱怨：干吗画这种莫名其妙的东西，为什么你们不能像莫奈那样好好画荷花，或像雷诺阿那样好好画乡间舞会呢？不过如果你读过斯泰因讨论立体主义的一小段话，或许就能够换一种不同的眼光来欣赏、了解立体主义了。

她说："这幅画像中总是有某种东西要从里面冒出来，坚实的东西，迷人的东西，清楚的东西，复杂的东西以及有趣的东西，让人不安的东西，令人厌恶的东西，很漂亮的东西。"

这句话很简单，却精确地提示了我们接近现代艺术的方式。这句话中的一个重点，就在于告诉我们，立体主义的画（其实也包括现代主义的文学），其意义不同于我们过去接触的艺术作品。以前的艺术作品，本身是讯息，是统一、一致的讯息的承载者。一幅画中所有的构成成分，颜色、构图、线条等要形成一个整体，借由这个整体传递给观者一种感觉。画作是这个意义的承载者、传递工具，一幅画成不成功，就取决于是否能将那样的整体意义表达出来。

立体主义的作品不是这样，它是讯息的暗示，不再是意义的载具。它没有要把你吸进去，而是会有不同的东西浮现出来。接下来斯泰因就描述了从里面要浮出来的是什么，她的描述是错乱的，罗列了一堆相异的、矛盾的形容，说浮现出来的是坚实的、清楚的、有趣的东西，但同时又说那是令人讨厌的、令人不安的东西。这个长句到底在讲什么？在讲立体主义乃至于现代艺术最大的追求、最大的成就，就是能够同时承载不同的内容，传递相反的感受。这个现实世界里原本不能共存的，被容纳在同一件作品里。

这就是暗示的作用。毕加索的画，是一组暗示。画面上没有固定的形象，说不清究竟在画什么，依照不一样的角度、不一样的想象、不一样的假定，你会在其中看到很温柔的东西，或看到很冷酷的东西，你会看到让你觉得很亲近的东西，也可能会看到如恶魔一般的东西。不同的讯息、不同的元素、不同的感受，理所当然并存在这张画里。

斯泰因的那句话结束在"很漂亮的东西"，加了"很"，即前面一连串东西都没有的副词"very"。借由这么简单的文字转折，斯泰因要告诉我们：现代艺术、立体主义最迷人、最漂亮之处，不在于作品本身是漂亮的，而在于一幅作品可以同时包藏这么多不一样的东西。一幅画、一篇小说、一首乐曲，会像源泉般一直不断冒涌着，对不同的阅听者冒涌出不同的东西，它不会静止、停留。

17.

有一段时间，斯泰因在巴黎占据着"现代主义"运动的中心位置。她接待了许多新一代对于欧洲文化艺术有兴趣的美国年轻人。这些人带着朝圣般的心情去到巴黎时，一定会去找斯泰因。斯泰因将这些去巴黎朝圣、寻求她协助和引领的年轻人称为"迷惘的一代"。他们对美国失望，在美国找不到自己可以安身立命的环境，所以远赴欧洲。他们想到欧洲找到他们可以立足的"根"（rooting），然而他们去到的欧洲，却正在将过去存在的所有"根"拔掉，怎么可能提供给他们"根"呢？所以他们失落了。

在巴黎和斯泰因混了很长一段时间的美国年轻人，包括《了不起的盖茨比》的作者斯科特·菲茨杰拉德，也包括海明威。海明威一九二二年以驻外记者的身份去到巴黎，很快就和斯泰因混得很熟。海明威的另一个好友，同时也在巴黎的，是诗人埃兹拉·庞德。庞德是个比海明威、斯泰因都还要古怪的怪人，后来投靠了墨索里尼，以至于在第二次世界大战之后，被美国法庭正式以叛国罪起诉。

海明威、庞德他们从斯泰因那里透过生活关怀，而不是书本讨论，真切地领受到了什么是现代主义，理解了现代主义的内在精神。但海明威没多久之后就和斯泰因闹翻了，那是他写作生涯中一件相当重要的事。

海明威比斯泰因晚了将近二十年到巴黎，二十年之间，欧洲经历了一场巨变，那就是第一次世界大战。斯泰因在一九〇三年去巴黎，离一九一四年还有很长的一段时间。海明威却是在战争结束，而且是在战争的后遗症已经开始改变巴黎的年代才去的。斯泰因个性强悍，自我主张强烈，是个教母型的人物，海明威有时根本就把她视为男人，直接称托克拉斯是斯泰因的"太太"。斯泰因很习惯人家用一种寻求指导的姿态到巴黎找她。可是，海明威个性也很强悍，他从来没有像其他人一样炫惑于斯泰因参与创建现代主义的光彩风华，没有成为斯泰因的追随者。

虽然年轻，然而一件事给了海明威自信，使得他连对斯泰因这样的人物都不会完全买账。那就是他经历过战争、上过战场。海明威在巴黎甚至不愿住在蒙帕纳斯，而是住在拉丁区。听斯泰因及其追随者谈现代主义，海明威很快就觉得不耐烦。他觉得在战争经验之前，他们所谈的人的困境，谈如何用艺术来探索、表现人的困境，都如此间接、表面。战争使得他们所问的问题失去了合法性，变得不值一问。

没办法，海明威他真的去过战场，亲历了第一次世界大战。海明威出生于一八九九年，一九一四年战争爆发时，他还未成年。就算到了一九一八年，大战的最后一年，美国正式参战，他也还不到二十岁。但他自愿响应了红十字会的号召，去担任战场上运送伤兵的救护车驾驶员。小说《战地春梦》前面的战场情节，基本上是自传性的。一九一八年六月，海明威抵达意大利前线，真正参与了战斗，负责来回驾驶救护车。没多久，一九一八年的七月八日，他就因炮击受伤了。

海明威的战场表现，还替他赢得了一枚勋章。授勋的表扬令上说，他不顾自己身上的伤，将一位受伤更重、有生命危险的战友背到救护站，救了那个人。《战地春梦》里如实描述了他受伤的经过：在替大家准备晚餐，拿着一堆食物要回营帐时，敌军发射的一枚迫击炮弹在附近爆开，破片刺穿了他的双腿。不过小说中却特别描述主角其实并没有真正将重伤战友背到救护站，这件事是不正确的传言。

18.

《战地春梦》是基于海明威在第一次世界大战中的真实经验写成的。受伤，被送至野战救护站，再转送到米兰，在米兰待了六个月，在那里遇见一位美丽的护士，都是十九岁的海明威的真实经历。不过现实里，快要二十岁的海明威和美丽护士缠绵，心中想着要结婚时，对方却先决定跟别人结婚了。换句话说，海明威被"劈腿"、被抛弃了。美丽护士的决定，其实不难理解。毕竟美丽护士比海明威大了八岁，想必在感情上比他复杂、有经验多了。

这是海明威的初恋。隔了十年，他都还忘不掉，才写成了小说。他忘不掉，也是可以理解的。参与战争，不管参与什么样的战争，置身于生死火线，都是非常经验。何况，海明威参与的是第一次世界大战。何况，他还在战争中经历了人生的初恋。要他怎么忘得掉、放得下呢？

第一次世界大战是场荒唐的战争，爆发战争的原因是荒唐的，战争扩张到前所未见的规模是荒唐的，战争中主要的壕沟战打法是荒唐的，那么多荒唐加在一起，却在短时间内夺走了欧洲几百万年轻男人的生命，这个结果，更荒唐。

战争之前，已经有现代主义的思潮，在反省、质疑人类行为是否真的是理性的，真的有意义。第一次世界大战逼迫更多人面对这样的反省与质疑。战争是如此极端的手段，带来如此巨大的破坏，大到任何解释战争、合理化战争的说法，都显得支撑不住、摇摇欲坠。人类文明中，出现过许多战争的理由、许多冠冕堂皇的说法。甚至可以说，如何解释战争、建构对于战争的信念，本身就是一种奇特的人类文明成就，其间动用了多少智慧与口舌，让破坏和杀伐看起来、听起来那么有道理，是非做不可的事。

但这些战争的理由与信念，在第一次世界大战中，受到了空前的质疑、挑战。十九世纪末，诺贝尔发明了"安全炸药"。"安全炸药"这个名字充满了反讽意味。从炸药的运用上，的确，诺贝尔的巨大贡献是让炸药变得比以前安全得多。但如此一来，炸药如此方便，大家都勇于使用炸药，却让这个世界变得空前危险。诺贝尔目睹了这一反讽的发展，后来才会决定以从炸药上赚来的庞大财产，成立诺贝尔奖，诺贝尔奖最核心的奖项是和平奖。

诺贝尔的发明，彻底改变了武器的制造与运用。差不多同一时代，莱特兄弟又发明了飞机。人造的飞行机也是在第一次世界大战中首度被运用在战场上，使得战争的恐怖和杀伤程度，更超越之前的想象。事实上，过去关于战争的所有理论与想象，在这场大战中，通通失效了。武器的发明、发展跑得太快，关于如何运用、规范这些武器的思考来不及跟上，战争就爆发了。

也因为这场战争，是以最错综复杂又最没有道理的方式爆发的，是第一次世界大战之前长达三十年间，欧洲各国自以为是、尔虞我诈，在没有任何共同秩序的情况下，进行重叠、秘密外交活动的结果。每个国家都基于自己的利益，用秘密协约去建构联盟关系，搞到最后，一桩小小的冲突，一次失算的动员，就因为各国都有联盟利益，彼此牵制，结果全欧洲的国家都被卷入，大家都下不了台，只能都动员起来参战。

由于武器技术的大幅进展，战争很快就陷入了僵局。新的火炮、众多枪支，加上可以从空中投掷炸弹的飞机，使得战场上的攻势几乎变成不可能。部队从壕沟中一爬出来，就暴露在地空双重的火力下，立刻造成巨大伤亡。守着两条壕沟，对战的双方谁也攻不到别人的壕沟去，只能对峙着。长达四年的对峙，把后方的年轻人送到前线来，这边进攻一下，死伤过半、狼狈退回，然后换那边进攻一下，同样死伤过半、狼狈退回，壕沟里的部队少了、不够了，就再将新的一批年轻人送上去。

战争造成的破坏如此巨大、如此恐怖，每个人都看得到、感受得到，但为什么打这样一场到处家破人亡的战争，却谁也说不清楚。不只是战争前线的人说不清，后方担心儿子、兄弟伤亡的人说不清，就连参战国的政治领袖都说不清。战争失去了政治理由，更不必说其他意义了。处于这种状态下，人要不感到无奈、荒谬也难吧！

第一次世界大战对现代主义来说，是推波助澜的巨大刺激，是火上添油。连直接以人命为代价的战争都变得没有意义了，那还有什么是有意义的？或者说，那还有什么意义是可以保存的？显然，过去习以为常的每一件事都需要被重新思考一遍，而思考的起点，就是斯泰因临终说的那句话："What is the question？"不必忙着想答案，先搞清楚问题吧！或者说，在这种荒谬处境下，人被取消了回答问题的资格与立场，必须退回去先想问题再说。

海明威和斯泰因活在同样的思潮环境里，所以很容易在巴黎产生同伴情谊。然而，大战之后，既然刺激现代主义思潮的主要力量来自战争伤痕，亲历过战争、觉得自己曾经以生命去思考战争的海明威，很快就受不了斯泰因的高姿态：她凭什么摆出一副好像比谁都前进、比谁都了解的姿态呢？

19.

海明威十九岁时是自愿去战场，不是被迫卷入战争的。上前线遇到的第一件事，是一座修道院遭到轰炸，炸死了里面的修女，他开着救护车去帮忙收拾，捡起被炸得体无完肤的尸体——不是抬，是捡。那是再具体不过的关于死亡最可怕最丑陋的展现。可是他后来回忆说，那么年轻的时候，在战场上，死亡无所不在，然而人心中会有一个奇怪的幻觉——觉得别人都可能死，随时可能死掉，但就是你自己不会。

他接下来就描述，当迫击炮碎片击中他的那一瞬间，立即的强烈感受不是痛，而是那个幻觉消失了，突然领悟到早就该知道的事："原来我是会死的，我真的会死，或许下一刻我就死了。"

这样的感受，只有在战场上才有可能体会。经历了战争，尤其是如此荒谬的战争及其带来的无意义死亡的威胁，人势必对很多事情会有不同的想法、不同的看法。将近十年后，海明威将这段战场上及战场之后的经验写成小说《战地春梦》，其实就是试图给战争的荒谬情境找到一个荒谬的解释。我们不能说这场战争没有意义，他不能用这种无意义的眼光来看战争，因为战争成就了一段爱情，一段离开了战争就无从发生的爱情。不管战争造成了多大损失，夺走了多少人命，它最后毕竟还是有意义的。

海明威的小说节奏明快，表面上看来非常容易阅读，完全不会让我们联想起乔伊斯、福克纳，更不像斯泰因写的冗长的、喃喃自语的小说，因而我们经常会忘却、忽略了他和现代主义之间绝对分不开的时代、历史与美学渊源。

海明威自知他和斯泰因同样置身于现代主义的巨大潮

流之下，只是他找到了一条和斯泰因很不一样的道路，来表现现代主义的根本关怀。斯泰因和乔伊斯一样，要将人内里尚未经过"理性秩序化"的东西翻出来，让读者不再信任平常习用的语言，怀疑这套语言的表达效度。海明威和他们一样不信任，甚至睥睨一般日常语言的叙述，然而他没有去挖掘这种语言之前的意识、意念，而是离开既有的习惯，用他自己的方式来进行整理。

他自己的方式，就是有名的"冰山理论"。这是个物理事实，冰的密度比水小，所以冰会浮在水上，露出大约十分之一的体积在水面上。一座冰山漂流在海上，看上去是个庞然大物，但它真正的形体，百分之九十的体积，都还藏在海面下。读海明威的小说，它永远都像是一座冰山一样。就像斯泰因对立体主义原理的描述，那是暗示，而不是呈现与说明，他只写了浮上来的暗示，让读者自己去寻找出所要呈现与说明的。

读海明威的小说有一种容易、轻松的方式，就是只读表面浮上来的那部分，以为那就是海明威要说的。但这样的读法太简单，因而也就太可惜了，错失了阅读海明威的重点。重点乃在如何读出、想象出、从内心构筑出冰山底下的那百分之九十。那读出、想象出、从内心建构出的过程，会带给我们最大的乐趣。

就像我们看同属现代主义的马蒂斯的画作，马蒂斯比毕加索更易于亲近，幼儿园的小朋友都能对那样的线条与色块感到亲切，能从干净、简单的画面中直觉到他的愉悦、他的欢乐。但我们做大人的，不能、也不可能这样看马蒂斯。马蒂斯的简单，不真的是儿童的简单，不是复制童稚情趣而已。马蒂斯的画表面上的确有一种欢愉之美，孩子们就只接受到了那样的欢愉之美。可是大人不会轻易相信一件艺术作品就只有这样，我们会很自然地调转眼光，将那样的欢愉、那样的美，视为暗示。那么我们就会幽微地体认到背后的不安，甚至背后的暴力。甚至有人会觉得画面上有一种悲剧性的记忆涌动。

要了解马蒂斯，同样地要了解海明威。有一种人的成长经验我们可以先了解，也即在充满暴力或不确定因素环境中成长的孩子。长大了之后，他们常有一种异于一般人的心理反应。他们什么时候觉得最为不安？不是有人对他大吼大叫，甚至对他动手动脚时，不是发生了什么灾难、丧失了什么宝贵的东西时，不是某个生离死别的情境。都不是。而是日子一切正常、一切美好，甚至还有幸福的事正在发生，这对他们来说是最可怕的。他们不相信自己配拥有这么美好的生活，他们害怕接下来一定会有神秘的力量带走、取消这一切。

我当然希望你们听懂我在说什么，不过矛盾地，我又暗暗希望有些人不能理解我所说的这种感觉。听不懂的，是些幸运、好命的人，你们离现代主义、离产生海明威作品的那种时代悲怆很遥远，也就离战争给人带来的最大伤害很遥远。战争、战场最大的伤害，不是杀人与被杀，而是海明威在被炮弹击中的那瞬间感受到的——战争使你丧失了原来那种觉得自己不会死、不会那么快死去的青春本能，战争让你不再相信有纯然安全、能够好好活着不受威胁的生命时刻。

当一切安安静静，所有事情都很正常，你就慌了，觉得脚下是空的，觉得不知道下一分钟、下一刻钟、下一小时或明天会发生什么可怕的事，你不知道，正因为不知道所以无法停止害怕。相较之下，病态地，你还宁可遭遇灾难、忍受痛苦。灾难、痛苦让你忙碌，占据你的感官，让你无法分神去担心、害怕。

是这样的特殊心理情况，逼出了海明威的"冰山理论"。他写表面上的平静，为的是暗示底下的惶惶不可终日。那么深层、非理性的不安，无法用直接的叙述去碰触，只能用暗示的手法让读者自己去挖掘。深层、非理性的不安，如果直接写了，也就被理性化整理过了，也就不再有那么大的威胁。

不论是海明威还是马蒂斯，都有这样的现代主义根源。如果忽略了这个背景，我们会用自己的眼光，把他们看得太过简单、太过甜美，那么原本在欧洲历史情境下所富含的深层讯息也就消失不见了。

20.

《战地春梦》里的叙述者，始终用一种冷静、无所谓的态度，记录身边发生的事。海明威替他承认了，他无法无视战争带来的威胁，无法再相信自己不会死，因而他的冷静、无所谓就不单纯是一种勇气的表现，而是一种生命悲剧的反射。这种态度无法用简单的方式来解释，不是因为他特别勇敢，不是因为他特别厉害，不是因为他特别麻木，所以就只能指向让人好奇的某种经历、某种形塑的力量。这也就让我们自觉或不自觉地疑问着："是什么样的遭遇、什么样的力量，会影响一个人去采取这样的态度，

冷静、无所谓地看待再戏剧性、再巨大、再可怕不过的
事情？"

　　从这里，发展出源远流长的硬汉小说传统，有了其他
像雷蒙德·钱德勒、达希尔·哈米特等杰出的侦探小说家，
一直通向好莱坞的暴力片、黑道电影。暴力片最大的暴力
不是发生在一场活活打死十个人的场景里。暴力片的暴力
逻辑是永远飘忽的背景，不知道什么时候会实现的潜在暴
力及其带来的恐惧。科波拉拍的《教父》，片中最惊人的暴
力，发生在一场温柔美好的婚礼之后，恬静安详的黎明时
分，在新婚夫妻的床上出现了一个血淋淋、刚砍下来的
马头！

　　每一个"硬汉"之所以成为硬汉，往往都是因为他已
经被生命中的暴力威胁、恐吓到不得不在心中如此设想：
反正人有太多的机会、太多的理由下一分钟就死掉，既然
谁也没把握下一分钟还会继续活着，既然死掉了就什么意
义都没有了，那么我干吗要对当前发生的任何事大惊小怪
呢？当下强烈反应，这个不行、那个不要，下一分钟我死
了，那每一个反应，不都成了笑话？人只有预期自己暂时
不会死，还会活蛮长一段时间，才会对周围的人与事，产
生强烈的情感反应，不是吗？

《战地春梦》可以说是海明威的"硬汉"态度的起点。因为是起点，所以"硬汉"的成分还有点暧昧、有点犹豫，还会被好莱坞拿去拍成滥情的罗曼史电影。海明威真的没那么甜，他的甜是一种很无奈的甜，后面总是有很苦很苦的成分搭配着。冰山浮上来的部分有点甜，但重点在于召唤我们的勇气，敢于潜下去，去尝尝冰山压在水面下的苦，看那是怎么个苦法。

21.

前一阵子，我在电台的节目中，介绍了戴夫·布鲁贝克（Dave Brubeck）的 CD，突然动了念头，查了一下，真的没错，戴夫·布鲁贝克出生于一九二〇年，九十多岁了，还活着，还在演奏。接着，我又在电台节目里介绍奇克·科里亚（Chick Corea）来台湾演出，奇克·科里亚当然比戴夫·布鲁贝克年轻多了，然而一看主办单位的宣传单，上面第一句话就形容奇克·科里亚活跃乐坛超过五十年。啊，有那么久了？查一下，奇克·科里亚一九四一年出生，也已经七十岁，不是我想象中的壮年爵士乐手了。

突然有一个强烈的感受：这些人、这些事物，构成了我成长中熟悉的世界，而这个世界正在消失。说不定包括海明威、戴夫·布鲁贝克、奇克·科里亚在内的那个有爵士乐、有硬汉小说、有现代主义的世界，会比我更早就消失不见了。突然觉得我的生活，有很大一部分就是在努力抢救一个勉强还存在着，却正快速淡出、融化的世界。这个世界之所以没有完全消失，一部分原因就是像我这种人还活着、还不肯遗忘，我还记得戴夫·布鲁贝克，我还记得海明威，还觉得戴夫·布鲁贝克的音乐、海明威的小说跟我切身相关，这个世界靠着一点坚持、强韧的记忆，不绝如缕地延续着。

我曾经那么熟悉的世界，真的可能消失，等到有一天没有人记得、没有人谈论、没有人在乎，就算那些录音、那些书还以物质的形式保留着，然而实质上那个世界没有了。也就是说，存在依赖记忆，记忆不再就带来彻底的毁灭。

这样的观念，引发我如此感慨的观念，是十九世纪时在西方产生的。十九世纪的欧洲有种种发明，爆发了种种革命，创造出和以前很不一样的生活环境，其中一项重要的变化，是"情感革命"。人如何感受这个世界，如何感受自己，如何产生与表达对其他人的感情，如何去爱与被爱，这些亲密的面向，在十九世纪发生了巨大变化。今天我们习以为常的许多情感，我们会理所当然地说它们是人天生就有的……这种话，绝大部分在历史上都站不住脚。被列为"天生"的感情，很大一部分都是在十九世纪的欧洲才被开发、定义出来的。

二〇一一年是"辛亥革命一百年"，那一年中有很多以"辛亥革命"为名目的活动，热闹得很，唯一遗憾的是，这些活动对我们理解民国一点帮助都没有，也对我们如何整理、认知这一百年来产生的历史变化，一点帮助都没有。"民国"是什么？"民国"有什么意义？"辛亥革命一百年"的时间代表了什么？对我而言，这一连串问题，有一个很重要也很有趣的切入点——在一个世纪的时间，从历史上看很短很短的时间内，中国人进行了一场试图迎头赶上西方情感模式的大变革。

一九〇〇年的中国人和一九五〇年的中国人，在情感上是两种完全不同的人。陈丹青和韩寒曾经有一场对谈，谈着谈着，两人把巴金的作品批评了一顿，批评他的文字很差、小说很难看，在大陆引起了很大的争议。这两个人我都很欣赏、很尊重，我也同意巴金的文字不好，然而他们看巴金的角度，实在弄错重点了。

巴金的"激流三部曲"——《家》《春》《秋》——真正的意义不在于它们是多漂亮的白话文，甚至不在于它们是多棒的小说，而在于它们掌握了那个时代最重要的冲突。那是新时代与旧时代的冲突，年轻人和上一代的冲突，事实上就是两代之间不同情感模式的冲突。家庭中两代人的关键差异，围绕着对于感情的认知。下一代对上一代的反抗、革命动力，来自"为什么你们没有真的感情"的痛切质疑。

不过，历史的变化充满了反讽。巴金他们那一代，如此热烈地拥抱、追求新的感情模式，视之为生命中最核心的真理，可是等到他们自己年纪大了，却逃不掉轮到下一代用同样的眼光、字句——"为什么你们没有真的感情？"——批判他们。这说明了感情模式的革命一直在变动进行中，将一个世纪的中国人都卷进去了，其路程上处处是崎岖障碍。

22.

中国的现代史，尤其是前期的历史，有一个醒目的主题，用李泽厚的话说，叫"救国与启蒙的二重奏"。意思是两股强烈动机之间的拉锯，一边主张救国优先，一边强调启蒙更重要、更根本。两边的意见都激发了庞大的热情。

面对先是西方帝国主义、接着是日本在一旁的虎视眈眈，中国几度站在亡国的悬崖边上，当然刺激出"救国""救亡图存"的呼声。不过另一方面，有人分析，中国之所以陷入这么深的危机中，就是因为国民太无知、太愚蠢，必须灌输现代知识给中国国民，要不然国家是救不起来的，就算这次救了，下次还是一样要被欺负、要被威胁的。

启蒙派积极提倡白话文，让每一个人都能容易认字，去吸收知识，这种做法在救国派的眼中，却是缓不济急。人民还没变聪明，国家已经先亡掉了，还怎么启蒙？救国派无可避免带有强烈的精英、"先锋"态度，等不了国民改造、等不到社会改革，先由一群有眼光、有本事的"先锋"，指出正确方向，领导甚至强迫国民跟着走，以集体统一的行为先让国家强起来再说。

事实上，启蒙也是救国的手段，不过因为牵涉到缓急轻重的判断，启蒙派与救国派之间存在着高度紧张，产生了长达几十年的反复争辩拮抗的关系。一九四九年中华人民共和国的建立，在一定意义上代表了救国派的胜利，给一个仍然大部分由不识字的农民组成的民族，带来了新的希望。

　　不过如果单纯用启蒙和救国的拮抗角力来整理这段历史，那么有很多东西就安放不进去了。例如说，徐志摩就放不进去了。徐志摩既不属启蒙派，也不属救国派，但他不重要吗？还有像周作人也放不进去了。他写的那些小品文，算救国还是算启蒙呢？这些人，当别人栖栖惶惶救国唯恐不及、启蒙唯恐不及，他们却在那里风花雪月，追求生活情趣，竟然还能在当时博得大名，这有公理可言吗？这是怎么回事？

　　只有脱开了后来整理出来的那条历史叙述，试着还原那个时代的人的感受，我们才有办法回答这个问题。那个时代的人眼中看到的徐志摩、巴金之间没有那么明确的界线。就连胡适之和陈独秀之间也没有那么明确的界线。他们都属于同样的革命世代，都是革命潮流中的锋头人物。当时的人看到徐志摩，读到他写的那些文章，感受是震惊的、激动的，和读梁启超、胡适、鲁迅一样震惊、一样激动。

徐志摩带来的革命效果，并不亚于胡适。梁启超、胡适一脉相承，推动的是知识上的革命，徐志摩则是推动情感革命的大前锋。启蒙的逻辑是，要救中国，先得改造中国，让中国脱胎换骨变成像西方那样的现代国家。改造中国，要学习人家的科学技术，然而，如果不先进行政治制度的改革，科学技术是没有机会在中国生根的。但如果不先改变国民的心态、国民的知识水平，那么政治制度也无法被有效移植进来。几十年的试验、推动，一层层往后退，到了五四时期，就退到了鲁迅所说的"国民性"，也就是退到了主张应该先改造国民的心灵，心灵改革是一切的根本，也是一切的起点。

胡适喜欢说"重估一切价值"，喜欢讨论"科学方法""科学态度"，这都不是知识层面的改革了，而是心灵层面的。徐志摩比胡适更彻底些，也比胡适更吸引人些，他不像胡适去讲那些关于心灵的道理，他把自己的心灵，很不一样的一颗浪漫的心灵，展现在文字里。这等于是向众多读者示范一套不同的人活着的方式，一种带着浓烈热情、不压抑也不从热情中退缩回来的新生活。这种生活，这种生活里透显出来的浪漫情感，是中国从前没有的，甚至是被中国传统社会视为毒蛇猛兽，必欲去之而后快的。

23.

徐志摩和陆小曼的婚礼，邀请了徐志摩的老师梁启超来证婚。致辞时，完全出乎观礼者意外，梁启超厉色地骂了新人一顿：

> 志摩、小曼，你们两个都是过来人，我在这里提一个希望，希望你们万勿再做一次过来人。婚姻是人生的大事，万万不可视作儿戏。现时青年，口口声声标榜爱情，试问，爱情又是何物？这在未婚男女之间犹有可说，而有室之人，有夫之妇，侈谈爱情，便是逾矩了。试问你们为了自身的所谓幸福，弃了前夫前妻，何曾为他们的幸福着想？
>
> 古圣有言：己所不欲，勿施于人，此话当不属封建思想吧，建筑在他人痛苦之上的幸福，有什么荣耀，有什么光彩？

徐志摩，你这个人性情浮躁，所以在学问方面没有成就；你这个人用情不专，以至于离婚再娶。小曼！你要认真做人，你要尽妇道之职。你今后不可以妨害徐志摩的事业……你们两人都是过来人，离过婚又重新结婚，都是用情不专。以后要痛自悔悟，重新做人！愿你们这是最后一次结婚！

之后，梁启超在给儿子梁思成和媳妇林徽因的家书中，进一步说明了他的动机：

孩子们：我昨天做了一件极不愿意做之事，去替徐志摩证婚。他的新妇是王受庆夫人，与志摩恋爱上，才和受庆离婚，实在是不道德之极。我屡次告诫志摩而无效。胡适之、张彭春苦苦为他说情，到底以姑息志摩之故，卒徇其请。我在礼堂演说一篇训词，大大教训一番，新人及满堂宾客无一不失色，此恐是中外古今所未闻之婚礼矣。今把训词稿子寄给你们一看。青年为感情冲动，不能节制，任意决破礼防的罗网，其实乃是自投苦恼的罗网，真是可痛，真是可怜。徐志摩这个人其实聪明，我爱他不过，此次看着他陷于灭顶，还想救他出来，我也有一番苦心。老朋友们对于他这番举动无不深恶痛绝，我想他若从此见摈于社会，固然自作自受，无可怨恨，但觉得这个人太可惜了，或者竟弄到自杀。我又看着他找这样一个人做伴侣，怕他将来苦痛更无限，所以想对于那个人当头一棒，盼望他能有觉悟，免得将来把志摩累死，但恐不过是我极痴的婆心便了。

"现时青年，口口声声标榜爱情，试问，爱情又是何物？这在未婚男女之间犹有可说，而有室之人，有夫之妇，侈谈爱情，便是逾矩了。""青年为感情冲动，不能节制，任意决破礼防的罗网，其实乃是自投苦恼的罗网，真是可痛，真是可怜。"这是梁启超指责徐志摩最主要的理由，仍然是基于一种人伦礼法高于爱情的价值观。换句话说，徐志摩和梁启超师生两个世代最大的差异、冲突，也就在如何看待感情这件事上。

梁启超对于西方文化的理解、引介，都是放在公共面上。虽然梁启超也提倡读小说，但那意见是写在标题叫作"论小说与群治之关系"的文章里的。而这篇文章又是广义"新民说"的一环。读小说，是因为有助于"群治"，有助于打造"新国民",可以让人从中获取知识、增添公共意识。

梁启超的"新民",当然是"公共人",他自己一生也都以"公共人"的身份与立场发言,包括在徐志摩婚礼上的发言,都是如此。徐志摩也大量吸收了西方的思想、文化,但他比梁启超走得更远了,他在打造一种传统中国社会缺乏的,中国人——包括梁启超——极度不习惯的一种私人情感世界。在公共关怀上,梁启超走在很前面,尽可能地努力去创造出西方式的"公共人";但在私人领域,他却还是个中国人,他就必定受不了徐志摩所展现、示范的浪漫情感。

再看看鲁迅。鲁迅的作品中至少有两篇重要的小说碰触到感情的革命转化。一篇是《药》,讲革命志士被砍头了,一般人民不会在意、也不想去理解革命的来龙去脉,以及革命志士牺牲的缘由,不会知道这些人的理想,更不会知道这些人是为了解救他们而献上了自己的生命,他们念兹在兹的只是要在行刑的当场,想办法用馒头去沾死人的血,拿回来当作治气喘的药。小说很讽刺地取名为"药",显然源自鲁迅当年学医时曾有过的领悟——医人的药和医社会的药,哪个重要?那些如此诚心地去求取沾血馒头的人，就算药有效，让他们活下来了，又有什么意义呢？真正能治社会的，是革命，但献出革命热情的烈士，在一个缺乏正常感情、无法被热血感动的社会，却只能被如此对待。

与《药》相呼应的，是《阿Q正传》的结尾，那也是写砍头的。阿Q被架在囚车上，一路游街朝法场去，阿Q突然想起来，好像应该有所表示，就模仿着叫出了半句："二十年后又是一个……"然后，就从人群中冒出喝彩的叫好声。鲁迅特别形容道，那是好像豺狼嗥叫的声音，引发阿Q想起了过去曾经遇见一只饿狼的可怕经验。这些人，像饿狼一样等着要把阿Q吃掉。

鲁迅写《药》、写《阿Q正传》中的这些杀人砍头的场面，背后有个对照，以西方十九世纪看待死亡的方式，对照中国人看待死亡的方式，以讽刺的方式表达了他的指责与无可忍受。对鲁迅而言，对比鲁迅更年轻一点的一代进步青年而言，死亡不应该那么轻佻，更不可以那么庸俗。他们眼中看到的自己的社会，如此不可思议："为什么就连面对死亡，你们都无法有一点认真的、悲哀的庄严？"

如何看待死亡，也是感情的现代革命中，突出的一环。

24.

死亡有其历史。意思是不同的社会、不同的时代会用不同的态度看待死亡，死亡的形象与意义一直在改变。十九世纪的欧洲发展出了一种不只不同于东方，也不同于欧洲以往的看待死亡的新方法。这件事情影响极其深远。

变化的源头，还是来自上帝观念。西方文明中，上帝如此重要，因为上帝如此有用，很长一段时间里，人对于无法理解、无法解决的事，就推给上帝，上帝以及在俗世里代表上帝的教会，一定可以提供答案。

十八世纪、十九世纪，理性大幅发展，质疑进而推翻了上帝的权威，这固然是进步，却也必然带来巨大的失落感。凡事都有上帝在背后保证一定有答案、有解决的安心消失了。后来的人，会回头嘲笑那些没有跟上脚步、还坚持旧信仰的人，那些坚持地球仍是宇宙中心的人，那些不相信会是地球绕着太阳走的人。不过我们常常忘记了，放弃旧信念，对这些人产生的冲击有多大，他们必须随之做出调整的幅度有多大。那不是单纯接受地球绕着太阳走这个事实就好的。

那是牵一发而动全身的。历史上的吊诡在于：往往拒绝相信新事实的人，比拥抱变化的人，更清楚预见了变化的发展。他们之所以拒绝太阳中心说，是因为他们明白变化不会停留在把太阳摆放到中心。一个变化会牵连出另一个变化，进而威胁到整套系统的存在。如果是地球绕着太阳转，而非太阳绕着地球，那么为什么在庞大的宇宙中，上帝选择了这个偏处太阳系第三轨道上的星球，在这里依照他自己的形象造出人来？以前相信太阳绕着地球，地球就是宇宙的中心，多好、多方便，上帝当然也在宇宙中心。一旦地球绕着太阳转，原本理所当然的上帝创造论，就变得需要特别说明、解释了。

这些拒绝接受天文事实的人，比发现事实、主张事实的人更清楚地知道，一旦开了头，那不是取走了一点上帝权威的问题，而是环环相扣的上帝创世论迟早会全面彻底瓦解的问题。的确，十八世纪启蒙运动兴起之后，上帝所扮演的角色大撤退、大缩水了，于是制造出许多空白来，有待重新填补新的内容。

例如死亡。死亡在过去的西方基督教传统下，不算顶重要。天人两隔当然会带来强烈的哀伤，思念当然会带来强烈的痛苦，不过因为有上帝，有信仰中的另一个世界，所以死亡不会是绝对的，生与死不是彻底断裂的，中间有着由上帝和教会所保证的连续性。有了上帝，有天堂地狱，死亡不过就是生命转车的月台。像是我们一起搭山线火车，到了竹南，你独自下车跨到旁边的月台上，改搭海线列车。这个时候山线南下的列车上没有你了，不过我不会太担心，也不会太想你，更不会太难过，因为我可以在想象中知道你在海线列车上，现在经过大安往大甲去了。我看不到你，你不在我的列车上，可是你还在啊，你只是转移到了另一辆列车上。

借由上帝的存在，人离开了人间，就去了天堂、炼狱或地狱。但丁在《神曲》的《天堂篇》中，借由幻化为引路天使的贝雅特丽齐解释：因为人和天使一样，都是依照上帝的形象做成的，所以就取得了其他的非生物、生物没有的特质——可以恒久存在，死后都还能以灵魂的形式存在于天堂、炼狱或地狱里。

地狱听起来很可怕，但仔细想想，有地狱总比没有地狱好吧？那不过就是本来搭的是自强号，在竹南换车时，换到了等级最低的列车，车很慢、很挤，每一站都停，而且列车很脏，车上的人还会随地吐痰，厕所的臭味弥漫了整个车厢。虽然不舒服，但本质上你仍然只是转了一班车。

但要是没有了上帝，连带着没有了天堂、炼狱、地狱这些死后可以去的地方，那死亡会变成怎样？死亡没有了着落，死亡变成了其自身，死亡不再只是一个转折点，死亡变成一个过不去的事，死亡就是一个终点，"no more"（到此为止）。西方文化，大部分的人类文化，都很不擅长思考"no more"。

一位天文学家去演讲，谈宇宙的奥秘，从宇宙大爆炸的开端讲起，讲到了宇宙必然的收缩，又讲到了宇宙的终结。会场上有一个听着听着已经眼睛闭上打起盹来的听众，突然张大眼睛，站起来发问："你刚刚说宇宙在多少年后会灭绝，用的单位是'百万'还是'十亿'？"讲者回答："是'十亿'。"发问的人安心地点点头，坐下来，没多久又开始打盹了。以人类生命为权衡，几百万年和几十亿年，有差别吗？然而就因为宇宙的终结，所有一切的终结，让我们极度不安，让我们无从思考，即使是几百万年都感觉太迫近，要到以十亿年作单位，我们才会稍微安心些，可以当作够遥远，遥远到不需要去思考。关键在于不愿意去思考，我们严重缺乏心理上的工具与准备，去思考灭绝的终点。

一般人接触物理学，得知了今天的物理学已经进步到可以颇有把握地推算出宇宙起源和宇宙灭绝的时间，一百个里面有九十九个，会忍不住问："那在宇宙开始之前呢？在宇宙消失之后呢？"没办法，我们就是没有办法去思考绝对的范围，没有之前、没有之后的时间。或许你会好奇：一百个人里有九十九个会问，那唯一剩下没问的那一个人是谁？那个人就是物理学家，他必须有特别的脑袋，可以将时间看作是空间的系数，而非独立、永远存在的东西。

25.

如果没有了"死亡之后"，那该如何思考、理解死亡？对许多早已依赖上帝信仰来提供"之后"的人，这是个巨大的考验。当然会有哲学家主张，人就应该勇敢地从原本上帝信仰提供的虚假安慰中断奶，直接如实地接受死去即终结。就是这样。死亡之后就是无、空虚。十九世纪的哲学动向，包括存在哲学的兴起，虚无思想的形成，也包括后来现代主义的内向性发展，都环绕着死亡的新意义而来。

人被迫去思考死亡，不能不在死亡的必然、死亡的绝对性、死亡没有"之后"、死亡带来的"no more"上去重新建立哲学，而且是人赖以活着的生命哲学。如果我们的意识、我们的生命、我们曾拥有的一切，不像《神曲》里给我们的保证那样会以不同形式永久存留，而是几十年后——也不是几十亿年后——就会到达绝对的毁灭终点的话，那怎么办？许多人在这个新降临在人身上的困扰阴影中，进行各式各样的思考，试图提出各式各样的答案，又由新的答案衍生出更多的问题来。

这片阴影的前提，是上帝不在。上帝不在，同时就没有了另一个世界，没有了死后未来的救赎。若要有救赎，就只能发生在此生，我们的罪，我们的悔改，我们的救赎，都必须赶在这短短的一辈子中发生，不然就没有，就来不及了。在这样的背景下，出现了其中一种方法，重新定义、重新描述"死后之生"（after-life）。死后人还能活着，不是活在天堂、炼狱或地狱，而是活在别人，其他还活着的人的记忆里。这是死亡之后，生命继续延伸的一种方式，甚至是唯一的方式。

这对西方文明，是个巨大的考验、巨大的转折：首先承认如果有救赎，只能在此生完成；其次承认要有"死后之生"，就只能是在别人的记忆与记录中存留。这样的思想价值考验，中国早在两千多年前，就面对过并完成了。古代中国很早就放弃了以具体形式的"死后之生"来作为生命的延续。周人的主流文化中，强调"立德、立功、立言"，这一方面是设定此生活着的目标，另一方面也是对于"死后之生"的安排。活着的意义有其明确的衡量标准，就是看你在"立德、立功、立言"上有什么成就，而你的"死后之生"也就是看你所立的"德、功、言"如何被记忆，被记忆传流多广、多久。

周朝以降，中国的"大传统"中，不主张人会以肉身或灵魂的形式活在某个外于俗世的空间里，而是主张人以生命世代传承的形式存在。家族系统、家族体制是保障人不会被彻底遗忘，也就不会彻底消失的一项机制。"家祭无忘告乃翁"，表示人死后还活在"家祭"的仪式里，反复被记忆。清明祭祖，后人都会到坟头，坟前有墓，墓上不只有名字，墓碑后面还刻有墓志铭。人死了，但墓志铭会留下来，你一生的行谊成就，立德、立功、立言的表现，会记录在墓志铭上继续存在。

人死了要有墓志铭，这很重要。有些墓志铭并没有真正刻在墓上，但还是叫"墓志铭"，因为这个称呼象征着"金石铭刻"，可以不被时间磨灭、取消的意义。后来的人，对于文字有了更大的信心，对于家族传统有了更大的信心，慢慢不一定要墓志铭，可以用行状代替，但那背后生命存在的痕迹被留下来、不会消失的用意与信念，是一脉相承的。

行状主要是给后代子孙阅读的。子孙的义务之一，就是理解、记忆祖宗们。帮助尽到这项义务的重要工具，则是家谱、族谱。"生命之意义在于创造宇宙继起之生命"，创造出"继起之生命"，有了子孙，你的生命就有意义、才有意义。子孙活着，你就跟着活在他们的家谱、族谱上，他们记得你，和你保持活的、现实的关系，你就没有消失、彻底灭亡。

中国比西方更早面对这样的问题。中国人获得的答案，也是千死百难中才产生的，也是在特殊的历史情境中被逼出来的。孔子为什么如此推崇周公？因为周公是周文化的代表，周公那一代对应于商朝、商文化，设计建立了完全不同的另一套文化系统，这番成就太了不起了。商文化是相信灵魂不灭的，周人在和商人抗争、进而"翦商"取代之的过程中，明确地扬弃了商人的那套信仰，以不接受神鬼灵魂为前提，独立地建构出了自己的思想信仰。

26.

十九世纪的西方站在这样的思想转掠点上。两件事占据了他们的关怀焦点。第一，在这个人仅能拥有的现世（this-life），你如何把握有限的时间，充分运用？人都该做些什么，才算好好过了这仅有的一生，给了自己"意义的安慰"？

歌德的诗剧《浮士德》，是十九世纪欧洲最受欢迎、流传最广的文学作品。歌德花了六十年的时间，写了上下两册的《浮士德》。然而十九世纪欧洲的读者，几乎都不读《浮士德》的下册。从《浮士德》衍生出的各式各样的文学艺术作品，在各式各样文献中对《浮士德》的大量引用，几乎都只取材自《浮士德》的上册。

为什么会这样？照理说下册才有结局啊！而且下册里既有瑰丽的幻想，让浮士德穿越时空，到古希腊去和"史上第一美女"谈恋爱，又有崇高的救赎，让圣母玛利亚现身，在天使围绕的豪华场景中，把浮士德的灵魂从地狱里接引上天堂，这样的内容，为什么无法感动当时的读者呢？

因为第一册更有趣，更贴近十九世纪欧洲的思想气氛。第一册描述的是浮士德在魔鬼梅菲斯特的引导下，在此世现实中有了各种极端的经验，最重要的，占据最多篇幅的，当然就是他和格雷琴之间的爱情故事。此世的追求，追求带来的强烈、极端感受，远比对终极救赎的缥缈想象，更对十九世纪读者的胃口。

他们关心的第二件事情，则是死后别人会如何记得你。这第二项关怀，会回头影响第一项关怀。你在此世所经历的，是好是坏，是轻是重，有了一个新的判断标准，那就是哪些事在你死后会被记得，又以什么方式被记得。还有，两项关怀的连接点往往就是此世经验中最重要的、最戏剧性的情境：在你死亡的那一刻，面对完全灭绝时，你如何死，又为何而死？如果你自主地选择死亡，为了某种目标献上生命，这件事就最有可能决定了别人对你的记忆，成为你生命中大写的"意义"。

十九世纪最著名、最流行的小说，如狄更斯的《双城记》或雨果的《悲惨世界》，戏剧性高潮都发生在"献身"上。代替别人走上断头台，或在巷战中抱着必死的决心救人，这样的情节抓住了读者的心，让他们读后永难忘怀。小说反映现实，倒过来，小说也影响、塑造了现实中的浪漫死亡想象。

关心此世而非来世的意义，关心死后如何继续活在别人的记忆中，连带地也就产生了对于一个社会应该如何记得逝者的思考与讨论。这也是件同等重要的事。鲁迅的小说多多少少受到了欧洲十九世纪这种气氛的感染。小说《药》里，被砍头的"夏瑜"，从名字上就知道是影射"秋瑾"的，一个为了理想而死、为了社会献身的人，然而在当时的中国，被用什么方式记忆呢？这些人，完全不在意秋瑾的献身意义，而是抓住了"人血馒头"可以治病的迷信，互相庆幸竟然得到了有人被砍头的机会！

27.

因应死亡的终极性，十九世纪的欧洲观念产生了范围极广的连锁变化。人活着，却必须认真寻索有什么值得让我们去死的理由。烈士早已存在，不过十九世纪之前，烈士是明确地为了护教而死的，也有明确的宗教教义，保障他们死后应该得到怎样的对待，也有明确的宗教程序，可以在此世让他们封圣。十九世纪献身做烈士，却没有了这些明确的"之后"的保障。选择献身去死，不再能够是为了换来"之后"的意义，必须在选择去死这件事上完足其意义。献身去死，不是为了换来想象中"之后"的什么待遇，而是为了让此世此生得到最充分的表现、最充分的满足。

人不能够随便死，要找出特殊的追求，才能死。十九世纪的欧洲思想中，常见到的形容是"比我自己个人生命更大的死亡"（the death which is larger than myself），意思是，找到一种可以投身的理由，使得原来的自我生命扩大，使得原本极其有限的生命走到终点时，巨幅扩张。

海明威不喜欢自己写的《渡河入林》，自我嘲弄说上校之死那一段过于"operatic"。之所以会联想到歌剧，也是因为十九世纪的伟大歌剧、精彩歌剧，几乎毫无例外都有关键的死亡场景。前面提过《茶花女》的例子，结尾那漫长的死亡，得了重病的女主角唱了又唱，唱出了全剧最富激情的咏叹调。

十九世纪的歌剧观众，不会挑剔："病得那么重，怎么还能唱得这样元气淋漓？"因为他们很清楚这剧情的用意，也高度认同。茶花女是为爱情而死的，或者该说在生命最后终结来临前，她要把握最后的时光，给自己的生命一个"larger than myself"的意义，"为爱而生、为爱而死"

的意义。不管之前她是什么，至少她死那刻，变成了爱情的化身。她要大唱特唱，为了给这份意义戏剧性的表达，让活着的人、活下去的人记得。

这是一种新的、转折后的"永恒"，肉身的茶花女消逝了，但她所推崇、所献身的浪漫爱情会永久存留下去。

从十九世纪进入二十世纪，上帝信仰更微弱了，接受死亡就是终点的人又更多了。死亡进而变成了生命的前提，先后次序倒过来了。原本生命走啊走，走到最后是死亡，现在却是生命该怎么过，要怎么过，先得存着"人必有死"的念头。死亡是一个不动的、绝对超越不过去的终点，所以我们每一秒的生命，都意味着比之前更接近死亡一秒钟。这是生命的绝对衡量，始终在那里，躲不掉逃不开，生命变成了以和死亡之间的距离为其终极衡量。

死亡成了前提，人随时在接近死亡，但一般时候，死亡本身作为一件缓慢遥远的事实，是无法思考与感受的。只有当死亡化身为可说明、可触摸的威胁时，我们才进入思考死亡、感受死亡的状态中，也才能够借着思考死亡、感受死亡来思考、定义生命。也就是说，一般日常地活着时，我们活得很顺利很真实，反而无法确保这样的生命有什么意义。是在这样的吊诡条件下，有了人冒险、挑战各种生死边界的冲动。主动地让生命悬在风吹摆荡的半空中，让死亡靠近，确实感知死亡的威胁阴影，人才能思考生命，才能碰触到生之意义。

28.

在新的环境下，作为一个人，生命的选择范围变大了，自由变多了。以前虽然有上帝与"死后之生"的保障，但保障同时也就意味着限制。活着和死去是连续的，人总是被对死后世界（天堂、炼狱、地狱）的想象、算计牵制着，一直到断气的那刻，都还在替自己"之后"的去处努力着，坚持必须等到有合格的神职人员来行涂油礼才能放心死去。

十九世纪之后，尤其是进入了二十世纪，不再是如此了。当死亡还是个无从具体碰触的遥远事实时，人过着一般、规律、重复的日常生活，然而总会在一个特殊的时刻——现代人的神启时光（epiphany）——死亡突然以难以忽略的威胁形式现身，那一刻人也就突然取得了不要继续过一般、规律、重复的日常生活的自由。

那是一个强烈的刺激，却也是重要的契机。死亡的阴影与威胁，刺激出平常不会有的最强烈的感情，逼着人不得不去思考：这个世界有什么是我最珍惜、最舍不得的呢？在你眼前，生命的纷纭现象哗地排开来，排出一个轻重缓急的次序来。平常你可能连鸡排或汉堡哪个比较好吃都犹豫半天下不了判断，然而面临死亡的那瞬间，更复杂千百倍的一世人际关系，突然就自行排出你要拒绝都拒绝不了的清楚先后来。

　　十九世纪的人，刚开始的时候很难接受死了就是死了、没有"以后"的概念，几经思想与感情上的挣扎，进入二十世纪，这种不甘不愿的情绪有了转折，既然无法否认死亡的终极性，那就从苦恼中找出乐趣吧！乐趣，或至少是过去没有的一种发现是：面对死亡会刺激出我们之前不会有的勇气，以及我们原本无能拥有的感情。那份勇气和那份感情很奇怪，虽然是在死亡面前逼出来的，却带有普遍的正面力量，令人无法不为之动容。

　　十多年前，《泰坦尼克号》第一次上映，讲述了杰克和罗丝的宿命爱情故事。看完电影，由于不想等电梯，很多人都走长长曲折的楼梯下楼。走在我后面的一男一女在讨论观影心得。人潮拥挤，他们始终离我只有一阶的距离，我根本没办法不听到他们的谈话内容。他们在谈什么？他们一路在说，如果杰克当时没有淹死，被救起来了，他和罗丝恐怕也不见得会结婚，即使他们真的结婚了，婚姻八成也不会幸福！

这真是件叫人泄气的事。那么大的场面，不就为了铺陈两人的死别吗？为什么才刚离开电影院，就忙不迭要破坏电影中营造出来的一种"非日常的"、比一般日常要高贵些的情感气氛，急着把日常的庸俗考虑带回来呢？这种"非日常"的性质，正是在死亡的情境下，一个人、一群人在灾难中，高贵地运用仅剩的几十分钟生命开放出来的自由，做了选择所创造出来的。这就是死亡给我们的特殊自由，以及这种自由带来的特殊感动。

但显然我们的社会里，很多人不了解这份非日常的高贵。我们没有经历西方十九世纪一路走过来的变化，不习惯去领略、欣赏死亡所召唤出的、比死亡更重要的价值。

这么震撼的画面去铺陈出的死亡，以及被死亡垫高了的爱情，竟然没有办法让人至少在那样的情绪中停留到走完电影院的楼梯，正说明了我们这个社会的某种缺憾，也可以用来解释我们为何不容易真正进入海明威的小说世界。看了《泰坦尼克号》之后，却无法体会其中要让爱情必定比生死更重要的主题，这样的人恐怕也很难读进、读懂海明威吧。

在我们的时代，在我们的社会，人选择和死亡疏远，逃避和死亡正面相见。慢慢地，我们的生活里没有死亡，只有生命的消耗却没有生命的终结。因为死亡几乎都是在医院里，在一个专业的、和生活拉开长距离的场所里发生的。而且现在的死亡，和生命的离去，常常不是同一回事了。

重病者进了加护病房，身上插了各种管子，然后他的意识模糊、消失了，他已经知觉不到周遭环境了，但他还活着。在经过了一段时间，家属亲人都逐渐习惯了他已经离去的事实，才让他的肉体离开。这成了我们正常、普遍的经验。死亡没有了戏剧性，也没有了亲切感。

海明威看重、理解的死亡不是这样。那是一种未经消耗的生命的乍然离去。那中间还有着强烈的戏剧性，还具备撕扯、断裂的巨大力量。海明威经历过战争，着迷于战争，或者该说，着迷于戏剧性死亡所冲撞出的澎湃激情。这是他早期作品的共同底蕴。

海明威是个没有办法好好活着的人。要是活得好好的，他的生命就失去了焦点，一切都是平板平铺的。必须在死亡的威胁下，平板平铺的才倏地站立起来，成为立体的，有高有矮，有顶峰有深谷，这样才真正知道生命中什么是重要的，什么是有趣的，什么是有价值的。

你也可以从负面的角度去评估，认为海明威是个可悲的人。他一直都活在一种欠缺的状态中，无法"正常"地享受我们所享受的一般经验。在正常、日常的情况下，他就无法衡量生命中各项元素的轻重得失。前面提过他写给莉莉安·罗斯的回信，人家讲到他儿子，他马上想到，啊，除了儿子，我也爱我的姊妹们，我也爱我所有的妻子们，还有什么什么的一大串。他太博爱了，他无法抉择。日常生活中，他什么都爱，然而一个人真能爱那么多？爱那么多，每一个他爱的人、他爱的事物，能分到多少他的注意与关切？

所以他总是在追求进入"非常状态"，那种状态可以让他确切甚至痛苦地感受到"我到底是谁、我到底为什么而活"的答案。创造"非常状态"最有效的手段是死亡，不是死亡本身，而是死亡的威胁。

29.

《战地春梦》表面上看起来写了一个很容易理解、很通俗的爱情故事。

从小说结构上看，我们大致可以将《战地春梦》分成四个部分。第一部分讲的是叙述者的战场经验，开着救护车走过山路，然后在战场上被迫击炮击中，濒临死亡。接下来第二部分是被送到医院里治疗，在那里遇见了美丽护士，开始谈恋爱，在恋爱过程中忘掉了其他一切。

再来是第三部分，叙述者又回到战场，但这次的战场主题和上一次大不相同了。上一次他还怀抱着自己不会死的奇特天真信念，还来不及害怕，来不及受到死亡的威胁，死亡还没有成为威胁，就直接以事实形式降临到他身上。这一次呢？这次的战场行动，是撤退，是逃亡，逃避死亡的追逐。

撤退的人潮中，他们把救护车开进了田里，动不了了，只好仓皇下车进到农家里。然后他们杀了一个意大利人，整个战争中，他没有杀德国人，没有杀奥地利人，唯一杀的，是个意大利人。进入谷仓，一个家伙逃走了，再来一个同伴死了，又一个同伴死了，他持续跑啊跑，最后

112

跳上一列载货的火车。他一路努力逃离死亡，而死亡一直阴魂不散绕在他身边。

第四部分，他捡回了性命，找回了凯瑟琳，再续前缘。回头看，我们会发现这两个人，亨利和凯瑟琳的爱情，本来就是在死亡的前提下发生的。有一条不该被忽略的线索：亨利第一次见到凯瑟琳，当时凯瑟琳手上正拿着她未婚夫的遗物。她刚刚失去了未婚夫。虽然小说后来没有再提起这件事，但这却是理解两人爱情不可或缺的背景。为什么在医院里，亨利和凯瑟琳的感情进展这么快？因为这是活在死亡威胁的阴影下，各自都刚刚接受了死亡震撼的两个人之间的爱情，不是发生在正常、一般男女间的爱情。

藏在通俗表面底下的，不真的是那样一个普通的爱情故事，而是两个人同时面对死亡的故事。两人都不知道死亡何时会再度袭击，具体、沉重到让人不得不故意轻描淡写装作不在意、装作不知道的死亡阴影，使得他们两人间产生了一种激昂的感情。那是活得好好的、不知死亡在哪里的人，永远无法到达的一种层次，永远没办法拥有的一种激情。那是真正"没有明天"的激情，那是随时或下一个瞬间就会结束的激情。

二十世纪八十年代美国女性主义文学批评最是盛行的

时候，海明威是女性主义者最爱挑的批评对象。把他的任何一部作品拿出来，轻轻松松就能找到许多"男性沙文主义"的例证，一下子就能写出一篇洋洋洒洒、内容丰富的论文。如此既打倒了旧有经典权威，又有效发扬了女性主义的观念。

大部分的人都读过海明威的小说，这些作品最适合拿来做错误示范。像《老人与海》，当年首度发表时，是刊载在发行量超过百万份的《生活》（Life）杂志上，一下子成了流行现象。而这部小说，多么夸张，里面连个女性角色都没有！不，比没有女性角色更糟，有一个女性角色，是老人圣地亚哥的太太，她已经死了，而且照片还被圣地亚哥藏了起来。另一个女性角色，出现在小说最后的结尾处，一个观光客，坐在露台酒店，对着沙滩上那具马林鱼的空骨架，问了一个很愚蠢的问题。

《战地春梦》里有些段落，也简直就像是为了让女性主义者鞭挞而写的。海明威让凯瑟琳在小说里对亨利说："你要什么就是什么，我都答应你，我都同意你，我没有意见。"这是屈服的女人，是沙文主义男人眼中看出去，最有魅力的"对的"女人。海明威就描绘了这样刻板印象的女人。女性主义者理所当然这样指责海明威。

不能说这样的读法不对、不可以。只是这样的读法显然忽略了死亡这件事的隐性存在，显然轻易放过了凯瑟琳的未婚夫刚去世这一事实。小说中，凯瑟琳明明是拿着逝者遗物出场的，海明威明明就要让我们知道，发生了这样的事，新近而切身的这桩死亡，使得凯瑟琳不会再是一般人，不会再是原本的那个人。

抱歉，我忍不住这样帮海明威讲话：把遗物及遗物象征的死亡摆放回来，你就会了解，对凯瑟琳来说，被炸得满腿是弹痕的亨利，是另一个随时可能死掉的人，是一个没有道理可以假设他会活得长长久久的人。一旦他离开了这个医院，就没有任何因素，包括上帝与命运，能够保证他还会活下去；相对地，日益升级的战争、愈来愈荒谬的战法，却有千百种方法能够夺走他的性命。

在这种情况下，人必然会有不同的判断，在意什么、计较什么，乃至于矜持什么。今天在意、计较、矜持的这件事，明天这人不在了，就立刻成了永远摆脱不掉的后悔。小说是从亨利的角度写的，亨利没有问，所以小说也就没有写凯瑟琳和原来那个未婚夫之间的事，然而，作为一个读者，我们应该有足够的智慧，应该有足够的生命视野，可以在心中还原这件事，将之作为背景、衬垫来解读凯瑟琳对亨利的感情。

　　每次读到这段，我的感受是心痛，而不会是暗骂："该死的海明威，你就希望女人都投怀送抱、百依百顺！"心痛来自知觉到有没有说出来的故事（untold story）在后面，也就是除了露出海面的部分之外，有冰山的其他部分沉在海平面以下。

　　带着心痛阅读，我们就会发现，凯瑟琳并不是默默地顺从接受，她总是说出来，说："好好，我听你的，这样很好。"她会刻意强调她的同意，仿佛每一次要拒绝前她就想起那个小说中沉着的"untold story"，想起了她突然死去了的未婚夫，后悔地意识到：如果知道他会这么快离开，再也不能回来，当时干吗要这样呢？干吗跟他闹别扭，干吗跟他吵架，干吗为了小事计较呢？

　　我们自己在阅读中补上了这段"untold story"，凯瑟琳就绝对不是个傻女人，乖乖任男人摆布，当然不是。她的反应来自还没有时间可以结痂痊愈的伤痛，她和亨利间的爱情，是伤痛的治疗，也是伤痛的延续，甚至也是伤痛的后遗症。

　　亨利也有和死亡打交道而留下来的挫折与伤痛。炮弹打中了他，不只炸碎了他一条腿，更重要的是，粉碎了他

原本的天真信念——相信自己会一直活下去。他发现自己
是会死的，他发现自己没有办法不害怕死亡。在以亨利为
叙述者的小说中，他没有直接表达他的害怕，他不能对自
己承认他的害怕，但有太多线索让我们触摸到他的害怕与
挫折。

　　小说里有好多喝酒的描述. 有一个场景是亨利在野地
医院时，里纳尔迪来找他，两个人一边喝酒一边说话，说
到后来几乎吵起来。那些话，说老实话，没有什么了不起
的意义，只不过提到了英国护士，里纳尔迪就突然发作了，
甚至还用手套拍打亨利的床。我们不能从表面上看他们说
话的内容，这些配着酒的话，是压抑的发泄，替代了他们
都说不出口的真实情绪，因为真实的挫折、害怕不能说，
所以他们才会那么易怒（edgy）。

　　还有一个场景，是在米兰时，护士长在亨利的柜子里
搜出了一堆空酒瓶，大发脾气将他臭骂了一顿。这个护士
长是什么人？她代表了和亨利及凯瑟琳，甚至和凯瑟琳的
好朋友弗格森都不一样的人。她是个没有真正被死亡威胁
过的人，一个不懂得什么是死亡阴影的人。凯瑟琳、弗格
森，她们都知道亨利喝酒，她们从来不会用那样的态度对
待他喝酒这件事。不单纯是因为她们纵容他，还因为她们

同情地明了，喝酒不只是逃避，那是亨利用来和死亡以及死亡阴影对抗的武器，他需要那样的武器，才不至于在死亡与死亡阴影面前被击倒。

30.

海明威写的，不是日常感情，是非常情境下的非常反应。他选择以压抑的手法，来表达非常情境必然带来的压抑，压抑对压抑。他不要呼天抢地，他不能呼天抢地，呼天抢地反而靠近不了那样的非常反应。因而《战地春梦》这部小说的内容和形式间，构成了多重（至少是双重）的转折。小说将读者带入到一个备受死亡威胁、死亡阴影无所不在的战争状态中，却又翻转过来，以尽量日常、低调得近乎冷漠的压抑方式，来趋近、来凸显其中的非常经验与非常情感。

亨利原本是自愿，而非被迫去战场的，那时他抱持着对于战争的天真看法。受伤后——真正了解了战争狰狞的一面——认识了凯瑟琳，伤势好转之后，他却又再次回到了战场。那时他已经知道了凯瑟琳怀孕的事，但他还是没有拒绝回到战场。有一部分的原因，正在于他需要战争的非常情境的刺激，来维持这段爱情的非常性。他当时还没有把握，若是失去了这个非常环境，他和凯瑟琳会不会一下子退化成平庸、平凡、无聊、无趣的一般情人，或更糟的，一般夫妻？

想想，像亨利这样的人，虽然还那么年轻，就已经有过这么多非常经验，还有任何事可以让他大惊小怪吗？要什么样的爱情，才能保有他的兴趣与热情呢？经过了"泰坦尼克号"沉船事件，用那样戏剧性的方式失去了所爱的人，罗丝还会为什么事、什么东西呼天抢地吗？甚至就连那颗巨大的钻石"海洋之心"，她也可以面带微笑，决然地让它轻轻从手中滑入海洋里，不是吗？

村上春树的小说里，也有这种不会大惊小怪，甚至是无法大惊小怪的主角。因为村上春树最喜欢的作家，他花过力气去翻译的美国作家，雷蒙德·卡佛、约翰·契弗、雷蒙德·钱德勒，都是明显受到海明威影响的。村上早期的代表作《挪威的森林》里的叙述者渡边君，也是从来不大惊小怪的。他遇到了两个女孩，直子和绿，都是很不正常的人。发生在她们身上的事情不正常，她们说话（或沉默）的方式和说话的内容，也都不正常。但渡边君对她们的言行与过往故事，从来不表示惊讶。村上使用的这种写法，就是源自海明威。渡边君的冷淡、冷漠也是来自始终没有获得答案、无法解结的死亡事件，一片拨不开也吹不远的死亡阴影。

渡边君年少时最要好的朋友木月，也是直子的情人，有一天在没有任何征兆的情况下，突然自杀了。这件事使得渡边和直子两人的世界都一下子瓦解了，瓦解了他们认为世界会继续以原貌存在，人会一直照原样活着的基本信念。木月自杀的那一天，还和渡边去打撞球，很认真地打，很认真地要打赢，却在打完撞球之后，回家就死了。这成了渡边最深的创伤。木月看起来如此正常，却做了最不正常的事。从此渡边再也无法分辨什么是正常、什么不是，他也完全没有把握，什么样的东西才是不会突然在下一刻就消失的。

后来直子进了疗养院，第一次去疗养院看望直子时，渡边身上带了托马斯·曼的《魔山》，那当然是村上春树特别设计的。《魔山》的故事背景，就是设定在瑞士山上的一座疗养院里，那是肺痨的疗养院，也是一个充满了死亡阴影的地方，很多人进来之后，就再也没有活着走出去。他们在那样一个与死亡密切共处的封闭空间里思考生命的意义。

在疗养院里，渡边遇到了玲子，另一个曾经突然掉进生命黑洞中的人。她一度遇见了一个单纯的男人，单纯到想和她"共同拥有心中一切"的男人，使得她能够拾回正常的生活。不幸的是，一次被救回来，无法保证不会第二次再掉进黑洞里。

见识、遭遇生命的无常，乃至于被生命的无常作弄之后，人当然变得不一样，变得麻木、冷淡、退缩，为了掩饰背后的敏感。绿和渡边见面时，常常忍不住复诵渡边说的话，疑惑："好奇怪，你为什么会这样讲话？"海明威就是最早创造出这种说话方式的人，用简单、删减、无所谓来表达深不见底的恐惧与哀伤。

当人曾经和死亡的无明擦身而过，当人曾经自我选择走入死亡的幽谷，去逼激出生命中最强烈、最强悍的情感，之后就会变成那样的人。还是用村上春树小说——另一部小说《世界尽头与冷酷仙境》——中的比喻，这样的人看到的世界，所有的影子都淡了一半。所有的东西看来都像是褪了色，因为你忘不掉死亡阴影底下最强烈的感情。

这是海明威透过《战地春梦》试图要写的。如果不能碰触、不能理解这一部分的意义，那我们就不需要读海明威的小说了，去找一部小说改编的老电影随便看看就可以了。电影只拍了、也只能拍出一个通俗的爱情故事，如此而已。

　　海明威写的，是在二十世纪重新定义生命目的与手段的困难。战争原本是生命的手段，只能是生命中达成其他目的的手段，却在海明威笔下被提高了一个层级——战争帮我们定位此世的意义，又替我们填充死亡"之后"可供记忆的内容。

31.

　　一九四三年，杰出的中国社会学家费孝通去了美国，在美国待了将近一年的时间。回到中国之后，他写了一本小书，叫《初访美国》。尽管这本书在费孝通的作品中，不算特别重要、特别著名，然而对我们讨论海明威及其时代，却很有意义。

　　费孝通在中国长大，研究中国社会，很自然地以自己熟悉的中国社会作为比较的背景，去观察、体验那个时代的美国。此外，费孝通是受过英国学术训练的老派社会学家，属于社会学还没变得那么无聊之前，还有很丰沛的创造活力的那一代社会学家。从孔德到涂尔干到韦伯，社会学家还带有对社会观察的高度好奇，也还具备深厚的文化知识基础来进行分析。那时候还没有封闭固定的社会学范围，社会学家还能问大问题、广泛的问题。那时候也还没有封闭固定的社会学方法，所以社会学家还能援引各式各样的知识资源，形成自己的分析风格。他们还梦想着要去找出社会的普遍律则，也还很敢、很愿意对不同社会进行比较。

费孝通这样一个具有广阔视野的优秀社会学家，带着对于中国生活、中国社会的第一手认知与感受，去到美国社会，观察到许多有趣的现象，而且大咧咧地表达了今天的实证、量化社会学家绝对不敢说的一些分析与结论。

例如他如此比较："若说一句笼统的话，西洋人见了别人的高兴也会高兴，而我们呢，别人的高兴常会使我们自己不高兴。你只要看，人死了我们可以放声痛哭，不哭会受人背地里说话；可是久别重逢的夫妇，在人前却不能做出一点高兴的样子出来，不然，人家会批评你肉麻，不庄重、轻薄。在西洋，却刚刚相反。你高兴时，尽管尽情流露，在车站上，可以和情人拥抱接吻，熟人会鼓励你。可是，在你悲痛的时候，你却得忍得住眼泪。在人前号啕大哭是没有修养的表现。"

这是他观察到的中国与西洋的差别，有趣的是他接下来的分析："若要解释这点东西文化的分别，我又不能不归源于农业社会和工业社会的基本区别了。农业社会中，尤其像我们这种老大的农业国中，机会稀少，大家在极低的生活程度上过日子，向有限的资源竞争，别人的得益常是自己的损失，嫉妒成了基本的精神。幸灾乐祸，不愿成人之美就是这样成了传统。这种人可以怜惜别人的苦难，其实这并不是同情而是一种自觉安全的慰藉。只有在别人的成功会增加自己的机会的社会中，人才能为别人的高兴而高兴。"

费孝通是用这种方式来解释，为什么在美国、在西洋，你可以自由地流露高兴的情绪，别人会替你高兴，而不是觉得你嚣张、炫耀、讨人厌。他接着说："在这种社会里，我们逐渐变得'庄重'了，感情是人们内脏的活动，像人们的四肢的活动一般，若是从小就不给他操练，是会麻木不仁的。在床上病了一个月，走路都觉得不自在。庄重的结果，除了眼泪（中国人一说到感情似乎缺不了眼泪），我们的感情确是麻木得厉害，我们不易激动，相骂和诅咒代替了打架。我们不会欢呼，拍手时都不自然，冷讥和热讽代替了雀跃。我们是这样实际：利害，权衡，过虑，斤斤计较，使我们失去了感情畅泄时的满足和爽快，因之，我们对于感情成了外行。我们不容易明白爱字，因为爱的前提是无我忘己。利害得失是爱的反面。"

费孝通又说，中国勉强只有母爱，没有其他的爱。在传统社会里婚姻"是合两家之好的外交结合。在农村里，娶媳妇是雇一个不付工资的女工。夫妇相敬如宾，使他们之间永远隔着一层亲密的障碍"。然后他写了一句年轻的我初读这本书时未曾留下印象的话："在我们传统社会里如果有一些近于两性感情结合的却在那些被小说中所描写的风月场中……"这不就是张爱玲解释小说《海上花》，以及侯孝贤拍电影《海上花》的基本立场吗？原来费孝通比张爱玲更早就讲了。"可是这种建筑在买卖关系之上的感情，真挚的流露纯属例外。何况爱和占有是互相排斥的，在男女不平等，没有相等的人格，不互相尊重的关系中，现代西洋式的爱是无从发生的。"

32.

　　费孝通去芝加哥大学做研究，准备写他的社会学论著《云南三村》(*Earthbound China*)，学校给了他一个研究室，助理带着他去看研究室，事先跟他致歉，因为研究室门上还没有挂上他的名牌。去到那里，费孝通一看：门上挂的罗伯特·帕克（Robert Park）的名字。他讲了一句让那个助理摸不着头脑的话："请别将这个名牌换掉。"这是什么意思？你不满意、不要这间研究室吗？要用这间，那当然就要换成你的名牌啊！原来罗伯特·帕克是费孝通当年在燕京大学遇过的老师，因为燕京大学当时是以美国退还的庚子赔款建校的，所以校内有很多美国老师。罗伯特·帕克是费孝通在社会学上重要的启蒙老师，他很乐意自己使用老师的研究室，感觉这中间有一种传承的象征。

　　书中，费孝通以这件事为引，作了发挥：中国人很重视传统，这是许多人都观察、分析过的文化特性。去到美国时，他理所当然认为相较于中国人，美国人没那么重视历史。然而，有美国人会反驳：看，每个美国小孩到纽约一定会去参观自由女神像，从中回顾、记忆美国独立革命和法国大革命之间的历史关系。美国人也很重视古迹，到处设立了各式各样的"故居"或纪念馆。美国的小孩对美国历史的理解，难道就一定比中国小孩对中国历史的理解来得少吗？

依照美国人自己的认知，他们并未和历史有什么隔阂啊！费孝通检讨："我所接触的朋友似乎有意地要矫正我的错觉，每每特别要我注意他们对于祖先的关切。这都是事实，可是我总觉得他们的认取传统，多少是出于有意的，理智的，和做出来的。这和我们不同。我所以这样感觉的理由，因为我发觉美国人是没有鬼的。传统成为具体，成为生活的一部分，成为神圣，成为可怕可爱的时候，它变成了鬼……我写到这里，我又衷心觉得中国文化骨子里是相当美的。"

中国文化骨子里的美，来自有鬼，"能在有鬼的世界中生活是幸福的"。他回顾自己小时候的经验："我在幼年时，因为家道中衰，已经不住在那种四五进厅厦的大宅里面，可是所住的那一大落楼房，至少有一半是常常锁着留给不常光顾的什么伯伯叔叔们回家来住的；还有一小半是太阳光从来就没有到过的黑房，日常起居所到的其实没有几间，至于柴间背后的大厨房，花园后落的小屋等，更是有如神话中的去处，想起了都会使孩子发抖。这种冷落暗淡的房屋中，人的世界比鬼的世界小得多。"那是一个鬼比人要来得多、鬼占用的空间比人大的世界。

"从书房去卧室，一定得经过一间'纱窗间'，才能上楼。这间纱窗间（我一生也忘不了），即在正午也黑得辨不清墙角里堆着的东西，也许是我从来没有敢好好睁开过眼睛从这里走过，可是无论如何，这是我每天不得不冒险的航程——这里，我至今还不敢否认，是鬼世界的中心。"那样的环境够让人心生恐惧了，更何况"没有一天没有人不用鬼来恐吓，或是娱乐我们这批孩子。在床上哭得不肯停，大人就一撒手：'让套房里的鬼伸手来捉你去。'发脾气顽皮时，耳边就有'关他到纱窗间里让鬼去捉他'的恐吓声。夏天在院子里乘凉，拉着人要讲故事，哪一个故事里没有半打鬼？我对于草木鸟兽之名识得不多，可是要我……背出一大串鬼名一点也不觉得困难"。

"我绝不夸大，像我这种小市镇里长大的人，幼年时节，人和鬼是一样的具体、真实。人事忘得了，鬼事却磨灭不了。我至今还清清楚楚记得，我哥哥怎样在楼上看见了我们的丫头关了房门，可是下楼来看见那个丫头明明白白在楼下，从没上过楼。——现在想起来还是亲切得好像是我自己的经历一般。正因为从小一半在鬼世界里长大，我对于鬼也特别有兴趣。慢慢地从恐惧变成好奇，由好奇变成爱慕，甚至有一点为生长在没有鬼的世界里的人可惜。"他在美国住了快一年，最觉得生疏的，是"没有人和我讲鬼故事"。

他又说："我对于鬼的态度逐渐改变是开始在祖母死的那年。祖母死后不久，有一天，我一个人坐在前庭，向祖母的卧房里望去。这是近午的时刻。在平时，祖母总是在此刻下厨房看午饭预备得怎样。她到厨房看了以后就快开饭，这是我那时熟悉的情境。祖母死后一切日常起居程序还没有变。一几一椅一床一席都没有改变位置。每天有近午的时刻，这时刻我也照例会感觉到饥饿。潜意识里这整个情景中缺不了祖母日常有规律的动作，于是那天我似乎看见祖母的影子又从卧房中出来到厨房中去。若说是我见了鬼，那是我平生的第一次。"然而其间没有害怕，甚至没有异样，"因为这情景是这样合理和熟悉。过了一会儿，想起了祖母已死，才有一些怅惘，决不是恐惧，而是逢到一种不该发生的缺憾竟其发生时所有的感伤。同时又好像领悟了一种美的情景既已有了就不会无的认识"。

他接着说："目前的遗失好像只是在时间上错隔了一些，这个错隔，我又觉得，好像是可以消除似的。永恒不灭的启示袭上心来，宇宙展开了另一种格局。在这格局里我们的生命并不只是在时间里穿行，过一刻，丢一刻；过一站，失一站。"

"美国的孩子们已听不到鬼的故事了。他们花一毛钱到 Drugstore 里去买 Super Man 看。……'超人'并不是鬼。'超人'代表现实的能力，或是未来的可能，而鬼却象征了对于过去累积的服膺和敬畏。"为什么美国社会没有鬼？

33.

真是个有趣的时代，社会学家敢申言美国社会没有鬼，而且还敢用非实证的语言，解释美国为什么没有鬼。因为"鬼怎能在美国这种都市里立足？人像潮水一般地流动，不要提人和人，就是人和地，也不会发生死不了的联系"。

鬼也需要特定的人的环境才有办法存在，所以费孝通用对人的观察来继续他的推论。他举例：到朋友家里看到朋友的女儿，十八岁的女孩不断抽烟，做爸爸的劝她别这样抽烟，女儿没理会。女儿对费孝通说的话是：她已经十八岁，过了这年限，父母可以不供养她，可是也不能再管她了。又说了一个年老的教授，儿子跟他在同一个大学教书，但两人分开住，而且儿子很少去看望他爸爸，费孝通到老教授的家里，老教授的太太抖着手把咖啡端出来，让他看了心酸。

还有，他去到哈佛，住在哈佛教职员招待所，常常遇到一位白发老翁跟他同桌吃饭。这白发老翁，应该是位名教授，可是他就长年住在招待所里，每天下来到餐厅吃饭。有一天这位白发老翁对服务生说："明天我不知能不能下楼了。"这话也让费孝通听了大觉感伤。费孝通忍不住问那个服务生说："这位教授家在哪里？"那个服务生答不上来，因为服务生无法理解费孝通对于"家"，人应该有一个家的观念。

举这些例子，费孝通的意思是：人还没死，他和这个世界的联系已经先断掉了，如此当然不会有鬼。鬼存在的逻辑刚好相反，那是即使你死了，你都不会跟这个社会、跟这个世界立刻中断联系。费孝通看到的美国社会，最重要的特色，真的就是"鬼的消灭"。这真是个反讽，中国人见到洋人老叫"洋鬼子"，然而费孝通到了美国，得到的结论却是：唉，这些"鬼子"们最大的问题就在于他们没有鬼，他们会是"鬼子"，吊诡地，因为他们没有鬼，所以才变成和有鬼的中国人不一样的另一种人。

用今天的标准看，费孝通真是太大胆了。他的观察很有趣，但不太经得起实证考验，至少经不起论证完整性的考验。美国很大，他看到的美国，只不过是美国的一部分。他没有来得及读福克纳的小说，福克纳笔下写的，是到处有鬼、鬼和人擦踵共存的南方环境。费孝通没有去到美国南方，没有意识到美国巨大的南北差异。

费孝通的描述，不适用于美国南方，却比较接近海明威的美国。虽然两人同年纪，相继获得诺贝尔文学奖，海明威和福克纳绝对不一样，真正是南辕北辙，一南一北。南边的那个活在家庭、家族记忆永远阴魂不散的环境里，北方这个则以个人原子的方式，孤独存在着。

在福克纳的南方，还留着来自社会纽带的身份。在南方，在福克纳的小说里，回答"你是谁"的答案，要在你和别人之间的关系中去寻找。费孝通如果去到美国南方，这一点应该会让他觉得舒服些。因为比较像中国传统社会的习惯。

在中国传统社会里，"你是谁"的一大部分，是在你出生时就决定了。你是谁的儿子，你是谁的弟弟，你是谁的孙子，你是谁的兄弟的儿子……长大一点后：你是谁的丈夫，你是谁的太太，你是谁的爸爸妈妈……这是问题的标准答案。人与人之间的血缘关系形成一片网络，在网络中的位置决定了"你是谁"。

福克纳的小说里常见的冲突与矛盾来自"我是谁"，自己没办法决定"我是谁"，甚至所有的活人都决定不了"我是谁"，摆脱不了死人的记忆的不断介入、干扰。福克纳表现了如此迷惘、挣扎、骚动不安的灵魂状态。

海明威的小说里没有这种问题。海明威代表的是从十八世纪法国大革命之后，欧洲的"现代"社会主流。西方社会的基本走向，就是"你是谁"不再由出生时的身份来决定，而是由你出生之后的行为与成就来决定。这样的潮流，在新教传统深厚、带着救赎焦虑与神经质的美国北方，到达了高峰。

这就是北佬（Yankees）。不再讲究"你是谁"，转而只问"你做了什么"，是北佬的特色。北佬不依赖出生时的身份带来的好处，也不愿接受出生时的身份的框限，他们主张每个人凭借着自己的力量，做一个自力更生的人（self-made man）。

北佬建立起的美国社会，摆脱了"你是谁"，不管你是谁，不管你的出身，不管你爸爸是谁，不管你祖父是谁，我和你之间的关系，我看待、评价你的方式，主要建立在"你做了什么"的基础上。因为你做了什么，我就相应用什么样的方式，尊重或不屑你这个人。

这样的价值观深植在美国北方的社会与文化里。本杰明·富兰克林的《自传》，是这种价值观最清楚的代表。书中呈现了一个一生不休息的人，他没有什么了不起的出生背景，靠着每一天每一天的努力，创造出自己的成就、名声与形象，一个典型的"self-made man"。北佬的孩子，没有谁在成长过程中没读过富兰克林的《自传》的。他的奋斗精神，是他们的理想典范。

人和天生带来的身份脱节开来，让每一个人都要为自己负责，随之打开了许多可能性。北方反对蓄奴，除了经济理由之外，不可忽视的，更有这种基本价值信念产生的作用。一个人在社会上的位子，不应该因为他生为什么样的人就被钉死。人应该享有机会，可以去奋斗，努力创造自己、证明自己，决定自己要变成什么样的人。这种信念给人庞大的自由，但相应地，也就给了人庞大的焦虑。"你做了什么"不会转变为固定的身份，从好处来看，它不会变成贴在你身上永恒的伤痕、印记，让你永远抬不起头来；但从坏处来看，它也不会变成贴在你身上长久有效的护身符，你必须一直不断地证明自己，一直不断地做出可以正面地彰显自己的事，不能说我这次做到了、做对了、做好了，我就取得了一个身份，将来只要依赖在这个身份上，安稳地活下去就好。

海明威是这种特殊的北佬人生价值观的产物。他以拳击赛来想象人生，一连串的擂台胜负。即使是谈到写作，他的态度都是：我年轻时证明过我是冠军，现在有了新的挑战者在那里耀武扬威，但别太早把我排除在外，我会再度上到擂台上，再度证明我是可以写的，我是了不起的。那里有一份自豪，伴随着自豪而来的是焦虑，必须无止尽地奋斗，无止尽地证明自己。即使是得了诺贝尔奖，都没有办法就此决定你是个了不起的文学家，可以依赖这个身份颐养天年。不是人家要不要接受你这个崇高身份，要不要尊重你的问题，是个人内在深处，有着那无法停息的不安，刺激、督促着你再去努力、再去奋斗。

34.

这样的人生图像，充满焦虑，尤其最难应付的，是面对老化。费孝通写《初访美国》时，三十三岁。三十多岁的人在中国，最大的愿望就是赶快变成大佬，受后辈尊敬、伺候。然而在美国，费孝通发现不能随便说人家老。对这样的差异，他也提供了社会学上的解释。

在中国社会，人们高度依赖父兄，父兄是土地的所有者，而土地是一切的根源。你只能等待着从父兄手里将土地接手过来，换句话说，等待着有一天自己变成了父兄，才能享有附随着土地而来的种种地位与好处。年纪愈大，就愈有机会成为土地的掌管者。但在像美国这样的社会，人的地位与好处，不是来自继承的身份，而是靠着在世间的所作所为，那么显然年纪愈大，就愈难证明你还有些什么作为。

美国人的地位、成就，没有固定的累积方式。不能累积，那么老了就意味着努力和奋斗的空间愈变愈小了。在那样的社会里面，"老人"不是尊称，老人甚至没有一个明确的形象，和中国的老人刚好相反，在美国，"老人"是在意识上要被逃避的一种称呼，人恨不得可以永远不老。

换个方式说，老人在美国社会，是模糊、暧昧、逃避被定义的一种性质。我们必须在这个背景下，去理解海明威的《老人与海》。这本书，堂而皇之、开宗明义就叫作

"The Old Man and the Sea"。而且小说从头到尾，除了少数几次小男孩叫他"圣地亚哥"之外，那个出海打鱼的主角，就叫作"the old man"，老人、老头。作为一个老人，成了他最根本也是最全面的特质。

这像是海明威给自己的一个挑战，摆明了要写老人，写这个社会很不愿意去正视、更不愿意去定义的老人。他写老人，从小说一开头就明白掌握了老人在社会中的存在——他是孤独的，近乎全然、绝对的孤独。海明威写出了一部最孤独的小说。

前面我们说过，《老人与海》大概是历史上畅销小说中唯一没有出现女主角的。这样的说法，其实都还没传达出这部小说的特色。《老人与海》中，岂止没有女人，根本连人都很少。除了陀思妥耶夫斯基的《地下室手记》那样的疯狂独白，我们大概再也找不到一部经典小说中，动用的角色比《老人与海》更精简的了。

四万多字的小说，基本上就只有"老人"。开头时，还有一个小男孩；结尾时，这个小男孩又出现了一下；其他篇幅里，都只有这个独处的老人。小说中绝大部分的内容，是这个孤单老人的内心独白，他没有别的说话对象，只能对自己说话。

这样一部小说凸显了老化这件事情，在海明威的认知中，最核心的表征就是孤独。这呼应了现代主义的内向化潮流，用小说来深挖个人意识与感受的发展。不过和一般现代主义小说很不一样的是，海明威没有把这样一本孤单的小说，写得那么艰涩、难读。我们前面看过格特鲁德·斯泰因怎么表达个人意识。你也可以去读读乔伊斯或伍尔夫的现代主义经典作品，就知道我的意思。

海明威写了一部孤独的小说，但这孤独的小说一点都不枯燥。小说描述了两天两夜的事情，绝大部分时间，都只有老人自己一个，没有别人。这样的条件，怎么能写得不枯燥、不艰涩？海明威的写法，是将老人投掷进一个场域、一个情境中，场域是标题里的另一半——海，情境则是海明威最熟悉，也最感兴趣的——对决。

小说之所以不枯燥，是因为老人圣地亚哥虽然独在船上，却随时都处于对决的情况下。上了钩，却在海洋中坚持拉着圣地亚哥小船前进的那尾大马林鱼，当然是他的主要对手，但不只如此，有时海洋也会成为他对决的对象，还有他自己，他老去了的身体，他那双鲜血淋漓的手，都在不同时刻成为考验他、等待他去克服的力量。

35.

　　一和那尾大马林鱼接触，圣地亚哥立刻就知道他遇上了一个远比他强悍的对手。一个老人遇见比他强悍的对手，圣地亚哥有着两种截然不同，甚至相反、冲突、矛盾的反应。一种是他看过、经历过那么多了，他知道这是怎么回事，他曾经赢过，他自认知道要怎么赢，他当然不服输。但他已经不是年轻人了，不服输的情绪不足以帮他激发出更大的力量，他必须面对随时可能失败的事实。

　　虽然他看过、打过那么多鱼，圣地亚哥这次真的遇见了生平最强的对手。他自己一个人，驾着大约八英尺长的小船，然而他的钓线钩着的，却是一尾长达十八英尺、比小船长上一倍的大马林鱼。开始时，他不知道这鱼有多大，鱼一吞了饵就在海里往前游，没有浮上来。圣地亚哥放了线，却没有办法收回来，只能勉强拉住线，让鱼通过钓线把他连人带船往前拉。

　　他僵在那里，坚忍地扛着线，不知道鱼要把他拖到哪里去，也不知道要怎样应付这条鱼。小说就是记录这样的非常情况。海明威没有办法写"日常生活",无法从"日常性"上去写小说。并不是说日常生活中没有事件发生,总有人吵架,有人贪污几十亿,还会有车子从山路上掉下去。关键在于那种一般看待世界的"日常态度",没有进入特殊、绷紧的情绪脉络里,人看待戏剧性事件也只能有平庸的反应与感受。

《战地春梦》中他示范了:同样一份男女爱情,在死亡与战争的威胁下,因为随时维持高水平的肾上腺素分泌,因为人必须活在恐惧与对恐惧的压抑下,就生发出了很不一样的意义。《老人与海》也遵循了这个逻辑,要写绷紧了的情绪、因为绷紧到近乎断裂而产生的世界图像。不一样的是,将圣地亚哥绷紧的,不是死亡,圣地亚哥从头到尾没有想到死亡,死亡对他不重要了,但面对一个可怕得可敬的敌人,一定不能输的坚持,却依然再重要不过。

他清楚自己是个老人了,所以更是不能输。或者该说,正因为他自觉老了,所以和大马林鱼搏斗,就多了一层既真实又隐喻的意义——战胜大鱼,等于不向老化投降。他非赢不可,他不能被大鱼及大鱼所代表的时光的侵蚀给打败。在那两天两夜中,圣地亚哥单纯地为了这个念头、这件事活着。

和大鱼的对抗，让圣地亚哥在那八英尺的小船上，超越了日常，超越了八十四天没有打到鱼的现实，进入另一个更重要的生命领域里。有多重要呢？重要到他绝对不肯主动离开这个残酷却梦幻的领域，再怎么疲惫痛苦，他没有放弃，不会有要放弃的念头。

他可以放弃自己的生命，不能放弃这份对决的关系。精疲力竭又缺乏睡眠的状态下，他说出"我不在乎谁杀了谁"的话。这不是无意义的呓语，而是显示了就连在潜意识的底层，他都坚持要继续下去，他和鱼完全联结在一起，没有了他主观放掉鱼线、鱼钩的可能性，反正就是如此紧紧锁在对决关系中，直到终点。至于等在终点的，是他杀了鱼，或鱼杀了他，都不重要了。

从这里又浮现出不同的胜负概念。他想要在对决中赢，不是吗？若是被鱼杀了，那岂不就输了？不，这不是圣地亚哥式的输赢，如果就是被鱼杀了，他是输得起的，他不能接受放弃退出，为了保有自己的生命而选择退出这场对决，那才是他——也是海明威——拒绝接受的失败。

换个方式说：这场对决刚开始时，存在于自我与他者之间，但后来这组关系逐渐淡化，对决看起来愈来愈像是和自己的意志之间的拉锯。原来的输赢在于以自我意志压倒对方，屈服那大鱼的意志，把大鱼从海里拉到船上来。然后，随着时间的推移，这场对决愈来愈凶险，不再单纯是能不能把鱼钓上来的问题。船被大鱼愈拉愈远，圣地亚哥没有食物、没有水，很可能无法顺利返航。也就是说，真的，大鱼是有可能、有机会叫圣地亚哥丧命的。

从这个时候起，对决悄悄地改变了。圣地亚哥没有害怕死去，他发现自己在意这场对决，在意这条鱼，在意不从这个奇特的战场上撤退，更甚于在意生死。他变成了在跟自己的意志对决，要证明自己是经得起如此考验的，证明"I deserve this fish"，我配得上这尾了不起的大鱼。进入这个层次，大鱼就不再只是他要压倒的"他者"了，他和那鱼，那原来的对手之间，有了特别的关系，甚至有了特殊的感情。

36.

《老人与海》小说开头，圣地亚哥多么孤单，独自一人过活，就是费孝通形容的那种美国老人。（小说里的圣地亚哥应该是古巴人，不过写小说的海明威，是个不折不扣的美国人。)他身边没有任何亲人,唯一接近他的,是一个跟他没有血缘关系的小男孩,而且小男孩的父母显然不希望小男孩和圣地亚哥走得太近。他出海去,在海上和那尾大鱼搏斗了二十几个小时,终于大马林鱼开始绕圈圈,终于圣地亚哥可以开始收线,大马林鱼一点一点浮上来了,那一刻,整个世界和圣地亚哥最亲近的,就是这尾大马林鱼。

大马林鱼是他在世界上唯一的亲人。所以圣地亚哥的下一段昏话,累到头脑不清楚说出的带着深刻真理的话,是他看着太阳,对自己说:"还好,我们不需要去杀太阳,不然这多么困难啊!"——要是对决的对象是太阳或月亮,那的确很麻烦,不只是对手那么强,那么难克服,更重要的,你赢了,这个世界就没有了可贵的太阳或月亮,多么悲哀、多么可怕!

他接着说:"还好,我们只是活在海上去杀我们的兄弟而已,没有被要求做更困难的事。"多伤怀的感慨啊!他和大马林鱼的对决,给了生命意义,安慰了原本空洞、孤独的存在,但对决的结果,却是另一种孤独的来源。

他活在一组两难里。如果发了慈悲心,或出于害怕而改变心意,放弃了,"算了算了算了,我们不要继续互相残杀了，你就走吧！"那么，他和这条鱼之间失去了联结，那了不起的大马林鱼就只是大海里面的另外一条鱼而已，圣地亚哥也被还原为不过就是海上的另外一个渔夫，于是那了不起的大马林鱼不会再给他任何安慰。要维持他和大鱼之间的命运相连的关系，他就只能坚持拉着钓线，坚持把线收回来，留在对决里，把鱼杀了，或被鱼害死。

这是多么奇妙，又充满多少层矛盾的情感啊！读过了《战地春梦》，体会过早期海明威小说中的内在张力，我们甚至可以将《老人与海》视为战争情境的某种奇特的延伸。

世界文学史上另一部与战争有关的名著，写的也是第一次世界大战，那是雷马克的《西线无战事》。《西线无战事》里让读者印象深刻的一段，是在壕沟战中，主角保罗在黑夜侦查中来不及回到己方的壕沟，敌对的法国军队发动了攻击，他只好躲进战线上的弹坑里，火线热烈交织，突然一个法国士兵跳进同一个弹坑，他本能地冲上去用刀刺了那个人，然后恐慌地退到弹坑的另一边去。

法国士兵伤势严重，但一时却还死不了。保罗一直听到他快要断气了的喘气声。僵持、等待的过程中，他忍不住靠过去想要救助那个法国士兵。但他救不了。又等了几个小时，法国人终于死了。

"我所做的事情，是毫无意义的。可是我总得做点儿什么啊。我把那个死人又扶了起来，让他躺得舒服一点，虽然他已经什么也感觉不到了。我合拢他的眼睛。这双眼睛是褐色的，他的头发是乌黑的，两边还有点儿卷曲。

"……他妻子肯定还在想念他；她不知道已经出了什么事情。看样子他好像常常写信给她似的；她还会收到他的信——明天，一星期之后——说不定甚至过一个月还会来这么一封辗转投递的信。她会看这封信，在这封信里他会跟她说话。"

想到这里，保罗再也无法阻止自己发现了一项无法否认的事实．他对着被他杀死的法国士兵喃喃地说："……从前，对我来说，你不过是一个概念，一个活在我头脑里的抽象意识，使我下了那样的决心；我刺过去的，正是那个联想。可是现在，我才看到你是一个像我一样的人。以前我只想到你的手榴弹、你的刺刀、你的步枪；而现在我才看到了你的妻子、你的脸和你我之间共同的东西……为什么他们从来没有告诉过我们，说你们也像我们一样是一些倒霉鬼，你们的母亲也像我们的母亲一样在着急，我们都一样怕死，也一样会死，一样会痛苦。"

在他面前的，不再是一个敌人，而是一个和自己同样的人。他逼着自己从尸体上拿出了那人的皮夹本，"把本子打开，慢慢地念道：吉拉尔德·杜凡尔，排字工人"。然后错乱地想着："我把吉拉尔德·杜凡尔这个印刷工人杀死了。我一定要当一名印刷工人……当一名印刷工人，印刷工人……"

将敌人还原为人，还原为一个有名有姓、有妻有女、有职业的具体的个人。用这种方式，雷马克表达了最有力也最根本的反战思想。雷马克写出了从不同层次看到的战争的不同面貌。战争的意义是在国家对国家的层次上，落到人与人、个人对个人的层次上，战争有何意义呢？两个人，单一的德国人和单一的法国人，处在那小小的弹坑里，他们之间并不存在着战争关系，战争关系无法成立。他们不只在实际空间上彼此接近，而且在生活的基本形式与价值信念上，也如此相似。雷马克借着刻画战争来批判战争。

《西线无战事》和《战地春梦》差不多同时间出版，写的都是第一次世界大战的故事。一九三二年，德国纳粹兴起，雷马克离开德国，辗转到了美国。他在美国结交的文友，就包括了海明威和菲茨杰拉德。雷马克的小说《三个战友》在美国改编成电影，脚本还是菲茨杰拉德写的。而雷马克最佩服海明威，他曾对朋友说："要知道，和海明威相比，我是个微不足道的写作者。"

雷马克佩服海明威，一部分原因或许就在于看到了海明威如何将战场上敌人之间的暧昧关系扩大，写成了《老人与海》里老人和大马林鱼的关系吧！

圣地亚哥是因为对抗而和大马林鱼有了亲近的关系，与大自然搏斗的过程中，对抗，尤其是够格的、足以撼动你灵魂的艰难对抗，会将你的对手转化为你的同伴，在这样特殊的对手–友伴关系中，愈是强悍的对手，在你的心中就愈高贵。如果没有进入到这种对抗中，就体会不到这种高贵。

原本人是人，鱼是鱼，这个世界在你身外，然而对抗，尤其是够格的、足以撼动你灵魂的艰难对抗，你死我活的对抗，却让我们和世界上最不可能相关的东西紧密连结起来了。投手和打者，擂台上的两个拳击手，斗牛场上的斗牛士和狂牛，茫茫大海里一条几百公斤重的大马林鱼和一个八十四天捕不到鱼的倒霉老渔夫，他们都在对决中产生了不可解的联系，至少在对决的情境里，两个生命缠卷在一起，彼此互相定义。

海明威喜欢拳击，喜欢棒球，喜欢斗牛，都是对决的。在拳击场上，若你是个拳手，你最尊敬的、最终这一辈子不会忘掉的对手，不是你轻易打败的，也不是狠狠修理过你的，而是和你缠斗十五回合，打到两人眼睛都肿起来，几乎看不到对方在哪里，步伐也都踉跄蹒跚，还要打的对手。一下子把你打得稀里哗啦的，你会恨他；一下子就被你打得稀里哗啦的，你会轻视他；然而另外有一种对手，打到后来，你会弄不太清楚心里究竟比较希望自己赢还是希望他赢，打到谁赢谁输都无所谓了。

为什么人要进入到对决的状况？就是为了体会这份终极对手带来的终极高贵。离开了对决，没有那样的对手，人永远无法了解那样的境界，不能了解那种情感。对一个孤独的人来说，进入这种对抗，有时就像进入了恋爱。突然之间外在的其他一切都不重要了，两人（两个对手）以外的世界消失了，只剩下这份对抗关系，只有这份对抗关系算数。

对于像圣地亚哥这样的老人，在进入对抗关系之前，生活中的每一件事情都在提醒他：他老了，正在孤独地老去。和大马林鱼对抗，他并没有变年轻；他还是知道自己老了，正在老去，然而此时，他老了这件事情只跟这条大鱼有关系，外在的世界消失了，他不需要再为外在世界感到困扰。

他所面对的大马林鱼，是英雄规模的挑战。作为读者，我们随着他进入对抗、挑战，因而我们预期，小说应该会在对抗、挑战有了胜负就结束了。我们多么希望小说写到圣地亚哥既胜利又哀伤地逮到大马林鱼就结束了！是的，基本上骨子里我们都是懦夫，我们都期待着艰难挑战之后，是胜利，是快乐，是松一口气。基本上骨子里，我们都带着被张爱玲嘲笑的特质：读小说总期待会有大团圆的结局。

我年轻时，第二次读《老人与海》，读到大马林鱼终于屈服了，血染红了海面，突然就失去了继续读下去的冲动。因为我知道接下来要发生什么事，就没有办法以原来的热忱继续读小说。我脑中无可避免想着：就结束在这里不好吗？现在我明白这种抗拒、迟疑的感觉从哪里来了——因为圣地亚哥和大马林鱼的搏斗结束了，外在现实就回来了。

用寓言的眼光来读《老人与海》，那么鲨鱼显然就代表了英雄必须回返的平庸世界，那个不理会高贵精神、贪婪且残酷的外在世界。鲨鱼不会理会、更不能理解圣地亚哥用什么方式才赢过了了不起的大马林鱼，它们追着血腥味蜂拥过来，死皮赖脸地咬走它们要的。

37.

现代主义小说和传统小说最大的不同，在于其内在性，探索人的内在，而不再是记录外在的戏剧性事件。现代小说充满了反思，挖进去碰触人的精神本源。现代小说的叙述逻辑，因而是垂直的，寻求深度，而非广度。

要这样挖掘，因而现代小说里的主角，常常都是作者自己的化身，至少是和他很像的人。常常是和世界若即若离，适应不良，爱读书、爱东想西想、爱在脑袋里自言自语的人，比较适合作为小说的主角，接受这样的反思挖掘。

海明威了不起的地方是，在《老人与海》中，他敢于选择一个很单纯、没念什么书，也就不会去引用尼采，不会听巴赫的音乐，也不会带着托马斯·曼的《魔山》上船出海的人，来当小说的主角。不过，海明威没打算把圣地亚哥写成一个简单、平凡的人。选择圣地亚哥这个老人，就是要让读者明了：在一个伟大的对决情境下，即使是像圣地亚哥这样单纯的人，都会被刺激出素朴却深刻的自我人生哲学。正因为素朴，所以格外感人。海明威没有把圣地亚哥写成一个引经据典的哲学家，但他素朴的人生反思，并不比引经据典来得浅薄。

我们可以为了圣地亚哥的人生哲学，好好将《老人与海》重读一遍。认真专注地读，你会发现他的脑袋真简单，又真不简单。简单，因为他想的、他自言自语说的、他对着海里那尾了不起的大鱼说的话，完全符合一个老渔夫的身份。不简单，因为这些看似简单的东西，我们读进去了，就不会忘掉。

一个老渔夫，他讲到海，一定用女性人称，而且很难习惯年轻人把海当作男性。那是来自他和大海几十年相处的经验，加上他几十年和女性相处的经验。大海和女人一样不可预测，时而狂野，时而莽撞，时而平静；大海和女人一样，都带着他无法控制的狂野与邪恶成分，却又让人离不开，必须努力挣扎着去控制，或至少是制造控制的假象，假装自己可以控制大海和女人。这是一个在海上混迹几十年的老渔人的自我解释与解嘲。

在他的经验里，大海很坏，大海很野，但这种坏那种野，就不是男人的坏、男人的野。男人的坏、男人的野是有目的的，女人不是，女人的坏与野，往往是无法自制的结果，来自内在的自我矛盾抵触。所以大海像女人，它不是故意为了毁灭什么而邪恶、狂野，那是它不得已的，来自它的本性。

如此呈示大海的形象，一方面很奇特、很深刻，另外一方面又很自然，完全不是我们这种没有在海上混过的人可以想象得出来的。这样的概念，放置在一辈子与大海共存的老渔夫，一个青春已逝的老男人身上，极有说服力。

又例如圣地亚哥反复思考他和大鱼之间的关系。其中有一段，在缺乏睡眠造成的恍惚状态中，他对着钓线另一端的大鱼开始讨论起"罪"的问题。"我杀了你，对吗？"这样的问题，联系到他的罪恶感，但那不是保护动物、珍惜生命那样普遍的罪恶感，而是出现在那种情境下、呼应那种情境的疑惑，因而比普遍的罪恶感更加深刻。

他问的是：在对决关系中，我如此爱这条鱼，尊重这条鱼，但我还是不得不杀了它，这是对决的宿命。那么我有罪吗？因为我尊重它，所以杀它无罪；还是因为我尊重它，所以杀它就更加罪孽深重？你们会如何回答？诚实地说，这是一个不管我读多少次《老人与海》，都回答不了的问题，也是不管我第几次重读《老人与海》，都必然深深感动的问题。只有老渔人才会问这样的问题，从这个问题延展出去，碰触到了人类情感最根本，也最柔软的部分。

为了爱我们可以做什么事，不可以做什么？有了爱，什么是可以因而被原谅的？经常我们为了爱，或以爱为名，所做的事情却是可怕的。从父母和子女的关系，到情人、夫妻的关系，其实不都是环绕着这样的问题上演的悲喜剧吗？只是平常我们不太会直接思考，更少直接去回答这样的问题，因为太难思考，太难回答了。

圣地亚哥无法不思考、不回答。因为他处在如此特殊的情境中，他知道自己多么尊敬这条大鱼，他也知道大鱼在这个世界上和他最亲近，但是这份尊重、这份亲近却又逼着他不能放弃，不能不斗到底，证明自己是配得上这条大鱼的。

38.

在海上经过了这一切，圣地亚哥更确认了，他生命中最重要的价值在于：他可以被摧毁，但不能被打败。这又是从艰难、痛苦的处境中，勇敢地领会出来的。他可以接受被摧毁（destroyed），但绝对不愿意被打败（defeated），他不服输，他可以完蛋，就是不能输。问题在：什么是"被摧毁"，什么又是"被打败"，这两者如何分辨？

当作抽象的哲学讨论，分辨"destroyed"和"defeated"，很不容易。无法给这两个词明确且不重叠的定义，会有很多暧昧模糊的空间。例如，要是有一次我在诚品讲堂开课，结果来报名的不是一百多人，不是几十个人，只有五个人，那么我是被摧毁了，还是被打败了？然而，放在《老人与海》小说的脉络中，从圣地亚哥的经验上看，那就清清楚楚、明明白白。

在对决当中，如果他输了，因此丧失生命、丧失了一切，被彻底摧毁了，他可以接受，无所谓。但如果要教他放弃对决，不管用什么样的理由，使得他放弃了对决，那就是打败了他。他无法接受被打败。还有另外一层对于摧毁和打败的对照，摧毁发生在对决中，公平、坦荡荡地发生，打败却是在对决之外，拉扯进了其他不那么光明正大的因素与手段。

小说中，圣地亚哥先是在和大马林鱼的对决中感受到了：如果了不起的鱼杀了我，那也没关系，我被摧毁了却没被打败。接着，换了不同方向，他又在和鲨鱼的纠缠中，碰触了这个对比。他不能接受鲨鱼的袭击，因为那不是光明正大的对决，就算战到手无寸铁，他都不愿退却。

圣地亚哥是个有骨气、不服输的老人，我们如何看出骨气，被他不服输的精神折服？因为他输了，输得很惨。

这既是海明威的一则寓言，也是海明威的自况。这个世界总如此，有骨气的人，最终都会输在不值得输的力量之下。有骨气的人宁可在拳击场上被打倒、打垮，都胜过在现实生活中被欺负、被暗算。但愈是这样期待的人，偏偏就愈是容易被欺负、被暗算。换句话说，有骨气的人会有骨气，正因为这世界不是拳击场；他的骨气之所以会感动我们，也因为这个世界不是拳击场，我们知道这个世界不是那样光明磊落的，我们讶异他竟然将拳击场上的态度带下擂台来。

你希望遇到生命中的大马林鱼，宁可让那大马林鱼摧毁你，然而近乎宿命的是，最后在你身边打败你的，却总是鲨鱼。每个人都有他生命中的鲨鱼。最悲惨的当然是，你好不容易刚完成了生命中的重要对决，得到了惨烈的胜利，还来不及真正享受胜利的感觉，鲨鱼就来了。于是一个念头必定浮上来：我还宁可被了不起的对手打倒，从此不起，那样我就不必面对这些鲨鱼了。

圣地亚哥遭遇了空前、想必也是绝后的强悍对手，他都没有输。但是他也没有赢，他赢不了，因为会有鲨鱼追着血腥味道尾随而来。人要如何面对这么痛苦的宿命——不服输，却又明知自己非输不可？

海明威在《老人与海》里提供了一个或许他自己都不是很有把握，但很可爱的答案，同时给了我们一个这个世界上为什么会有虚构、会有小说的根本理由。正因为人生不服输却又非输不可，所以不时我们会需要虚构，以虚构来哄哄自己，让自己舒服些、好过些。

小说开头的部分，有一段是小男孩和圣地亚哥的对话。小男孩问："那你晚上吃什么？"圣地亚哥回答："家里有一锅鱼和饭。"小男孩就说："我可以帮你把它热一下。"圣地亚哥说："不用啦，我自己会热，也许我可以吃冷的。"这完全是正常、日常的对话，没有任何特别之处。

接着小男孩和老人聊起了从报纸上读来的棒球消息，讨论了扬基队、老虎队和印第安人队。突然，海明威在这里加了一句：他们两人都知道，那锅饭并不存在，老人不过在虚构。两个人都知道没有那锅饭存在，但小男孩并不太知道是否连报纸也不存在，也是虚构出来的。小男孩当然知道没有那锅饭，不然他后来就不会跑到露台酒店去帮老人找吃的了。那为什么会有那样的对话，还讲得那么自然？

不过就是让艰难的生活，其实都看透了的生活，稍微好过点。让必定带着矛盾、痛苦的生命，多一点稍微舒服些的空间。小说中，圣地亚哥也是个小说家，只是他的虚构编造，往往不是对别人，而是对自己。当他钓到了大马林鱼，鱼大到使得他无法收线，只能背着钓线熬着，绳子的压力绝对让圣地亚哥很痛，但海明威不会写圣地亚哥如何叫痛，他甚至没有正面去描述那样难耐的、持续一整夜的痛苦。他的写法是：圣地亚哥想办法让自己换了一下位置，然后，他相信这样舒服了，但是还是痛，而且比刚刚还要痛，但他相信自己是舒服的。他痛到只能用这种方式处理，虚构欺骗自己：我现在会比刚才舒服些。

虚构、小说让我们可以不用把人生看得那么清楚，另一方面又让我们把人生看得比别人清楚很多。应该这样说，看清楚了生命中的某些必然，知道其中注定会有很大的波折，也就懂得去寻求应对的准备方法。

读过那么多小说的人，真正遇到了种种波折时，当然比较不会那么惊慌失措，不会搞不清楚这到底是怎么回事。海明威在这里显现了他的幽默感，教你用这种方式透视生命，看见在生命中承受诸多痛苦、比我们痛苦得多的人，用一点虚构的小把戏，让自己活得舒服些。

这不只是圣地亚哥和小男孩的小把戏，也是海明威自己应对生命的小把戏，甚至是他写小说、成为小说家的一项理由，甚至也是大部分小说家之所以写小说的主要理由。写《老人与海》时，至少是完成、发表《老人与海》时（小说草稿有可能更早就写了），海明威自己的生命经历了许多波折，于是这部小说的关键部分，必然反映了作者自己的生命感触，他借此来自我安慰与自我解嘲。

小说写的是一场大对决，对决中主角克服了一切，包括克服了自己对大马林鱼的尊敬，获得了胜利。可是接下来，胜利带来的，却不是日本电视节目里的那种场景：超级大鲔鱼在港口上拍卖，卖了几百万日币，捕到大鲔鱼的船主对着镜头露出幸福的笑容。圣地亚哥的胜利，同时也是他的诅咒。原来人享受胜利成果，也是有其限度的。

大马林鱼太大了，没办法拉到小船上来，只能绑在船旁边，于是返航的过程中，就招惹了鲨鱼不断的掠夺。鲨鱼狡猾、偷偷摸摸，不给圣地亚哥正面对决的机会，一点一点把大马林鱼咬走、吃掉。这是海明威自我安慰、自我解嘲的人生经验与人生观。其实对决，够格的生命情境，往往只占百分之一的时间，剩下的百分之九十九，人不是处于荒芜的等待，就是陷入琐碎的挫折、消耗中。关键在于：那你怎么看待这百分之一的光彩高贵时光？是认为百分之一的意义足可以超过百分之九十九，还是认为在百分之九十九的对照下，百分之一如此稀微黯淡，近乎无意义？

39.

《老人与海》一直在希望与绝望中徘徊、摆荡。百分之九十九和百分之一坐在跷跷板的两端，上上下下。八十四天捕不到鱼，近乎绝望。出海却钓上了大马林鱼，摆回希望的一端。和大马林鱼僵持两天两夜，看起来是赢不了了，又摆向绝望那边。好不容易熬到大鱼开始绕圈圈浮游上来，又换希望占上风。最大的转折发生在对决有了明确的结果，然而浑身伤痛的老渔人，却得不到安心、休息，必须持续对付没有任何机会战胜的鲨鱼们时。

第一次读《老人与海》，印象最深刻的就是老人拉着大马林鱼的残骸回到港口，倒在床上昏睡，小男孩一看到他就忍不住一直哭、一直哭，太惨、太绝望了。抱持着这样的印象，很长一段时间，我都不愿意重读《老人与海》。三十岁之后，终于重读，才发现海明威写的，比我记忆中的细腻得多。他并没有真的让那跷跷板全部倒在绝望那头。

对抗鲨鱼时，老人失去了鱼叉，失去了小刀，甚至失去了一支船桨，没有了任何可以阻挡鲨鱼的工具。彻底的绝望。不，在这种状况下，他有过一个念头，想要把了不起的大马林鱼长长的剑喙摘下来，绑在另一支船桨上，来对付鲨鱼。如此大马林鱼就真的成为他的伙伴了。这是个无法实现的想法，然而这个想法可以让圣地亚哥，也让我们，在那彻底的绝望中得到一些温暖。

还有，小说并不是只写到圣地亚哥凌晨回到渔港时结束的。一场大对决的胜利，无法帮他带来一毛钱，大马林鱼的鱼骨很快又会被浪涛卷回大海，留不下任何痕迹，但是毕竟还是有人在老人昏睡时，拿着尺去丈量了那条长骨，量出来有十八英尺那么长。他们知道，因为他们能够想象，圣地亚哥在海上完成了如何不可思议的奇迹，一个人钓到那么大一条鱼。这又是在彻底绝望中的一点安慰。

海明威的一生，赢过不少对决，但他也无法一直活在对决里，他的生命，更多的时间毕竟还是只能被鲨鱼们包围。他最后开枪打碎了自己的脑袋而死去，人们都认为他是自杀的。他的身体与他的精神都出了严重的状况，严重到会让人不想活下去。然而他的第四任太太，当时陪在他身边的玛丽·海明威却始终无论如何不接受他是自杀的。

玛丽坚持说，那是擦枪时走火的意外事件。

我们不应该单纯地认为玛丽只是个人情感上无法接受海明威死了，更难接受海明威会选择主动地永久离开她。读海明威的作品，尤其是读《老人与海》，我们应该会有些片刻，愿意考虑站在玛丽那边，考虑接受她的说法。海明威真的会那么绝望，绝望到找不出一点点温暖与安慰，必须诉诸极端手段，终结自己的生命吗？他是个小说家，他是个懂得如何用虚构让生命更值得活的小说家啊！

40.

谈海明威之死，要从一九五〇年代的美国谈起。

一九五〇年的二月，一位由威斯康星州选出来的参议员，召开了一场记者会，宣称他手上有一份名单，上面列明了在美国卧底的共产党人士。这位参议员进入国会已经六年，在此之前，不曾有什么特别表现，除了威斯康星州的选民之外，很少人认识他，他的名字叫约瑟夫·麦卡锡。麦卡锡说，那份名单上有共产党员，有共产党的同路人，还有苏联的间谍，他们都潜伏在国务院里。这件事立即在美国引起了轩然大波。

麦卡锡并没有在记者会上公布这份名单，他的理由是：这份名单证明了美国国内藏着卧底的敌人，所以应该要进行大规模的调查，将这些敌人通通抓出来。于是他利用作为参议员的特权，召开了一连串的听证会，变相地公开审判了他认为有卧底嫌疑的人。

美国的参众两院是有调查权的，有权强制召唤公民参加听证会，也有权要求公民在听证会上宣誓，听证会发言的效力等同于法院作证。麦卡锡利用听证会的权力，实质上进行了对美国社会的"大肃共"，许多人被召唤到听证会上，遭到审判、羞辱，被套上"苏联间谍""美国叛徒"的罪名。这就是历史上的美国"白色恐怖"时期。"白色"指的是右翼保守主义，对应于代表左翼共产主义的"红色"，右翼势力到处检举、追猎共产党，构成了"白色恐怖"。

同一年，一九五〇年，朝鲜战争在远东爆发，进一步助长了麦卡锡的气焰。朝鲜战争爆发时，距离第二次世界大战结束，仅仅只有五年的时间。这场战争最后延续了三年半，战斗范围基本上没有超越朝鲜半岛。不过在战争刚爆发的当下，没有人知道这场战争会牵连蔓延多广，没有人知道这会不会是第三次世界大战的序幕。

朝鲜战争初期，朝鲜在苏联的协助下，军事行动势如破竹，快速往南推进，韩国部队节节败退，最惨时退到了半岛最南端的釜山，再退就要掉进黄海了。后来麦克阿瑟将军带领美军部队，从釜山跟仁川两地同时登陆，朝北反攻。情势逆转，美军不只收复了原本的韩国领土，还打过了分隔南北韩的北纬三十八度线，进入朝鲜领土。

　　再后来却爆发了麦克阿瑟将军和美国总统杜鲁门的公开冲突。麦克阿瑟将军打算带领军队一直北上，穿越韩国国境后，继续跨越鸭绿江进入中国领土。麦克阿瑟的主张，震惊了杜鲁门总统，他担心麦克阿瑟的莽撞行为会逼着在朝鲜和中国后面的苏联，不得不出面和美国对战。那就不只是世界上最强的两个国家的冲突而已，是都掌握了核子毁灭武器的两个国家要正式开战。为了防止这种恐怖情况成真，杜鲁门决然动用最高统帅权，直接解除了还在前线的麦克阿瑟的指挥权。

　　消息传来，最感失望的人之一，是蒋介石。他当时正等着美军一渡过鸭绿江，他就要带着军队要么跟随美军参战，要么从台湾发动渡海的"反攻"。因而蒋介石一辈子讨厌杜鲁门，获得美国援助要表现对美国的亲善好意，他宁可将一条大马路以在《雅尔塔协定》中出卖中国利益的罗斯福总统来命名，就是不肯用决定给予台湾援助的杜鲁门的名字。蒋介石也一辈子佩服麦克阿瑟，为麦克阿瑟打抱不平，所以台湾用美国人经费盖的第一条快速道路，就取名为"麦克阿瑟公路"。

我们不能说杜鲁门的考虑没有道理，的确，当时的世界真的承受不起另一场全面战争。在这个背景下，美国和韩国的军队放弃了在北方占领的土地，签下停战协议，继续以北纬三十八度线作为南北分界，在线两边划出非军事缓冲区。

41.

朝鲜战争将美国带到了一场新的大战的边缘，让美国人确实感受到核子武器的威胁。这不是一九四五年时的情况，当时美国人独占原子弹的制造能力。美国曾在广岛和长崎投过两颗原子弹，当然了解原子弹不可思议的破坏、毁灭的威力。要是苏联的原子弹落在美国的土地上……

美国社会陷入一种空前的紧张状态中。害怕战争、害怕原子弹、害怕苏联、害怕共产党。借由这种普遍的恐惧气氛，麦卡锡快速膨胀其权力，自命为打击共产党、打击苏联在美国卧底势力的使者，到处指控别人是可疑分子。

早在第二次世界大战时，美国就有了一些同情中共的人士。他们熟读斯诺的《红星照耀中国》，认识了毛泽东和中国共产党，视中共为具有理想的左翼土地改革者，对照下，蒋介石及其带领的国民党，看起来像是希特勒和墨索里尼的法西斯政权的翻版。大战结束后，中国很快陷入内战，这些同情中共的人，开始以积极具体的行动，影响美国国务院的外交政策，对抗亲国民党的"中国游说团"。

以《时代》杂志创办人亨利·卢斯为首的"中国游说团"，是蒋介石、国民党在美国最重要的朋友，战争中帮中国争取了许多援助，还特别安排了宋美龄到美国访问并堂皇地在国会发表演说。然而，国共内战期间，关于蒋介石政权贪污腐败的消息不断暴露在美国媒体上，大大削弱了"中国游说团"的影响力。"中国游说团"在国会还是能够拉到不少参众议员，然而行政部门的外交单位，却明显地倒向中国共产党了。一九四九年，美国国务院在关键时刻发表了《美国与中国的关系》白皮书，明确放弃对国民党的支持，正是压垮骆驼的最后一根稻草，促成了国民党在大陆的全面败逃。

然而朝鲜战争爆发、麦卡锡听证会如火如荼地展开，逆转了美国社会的态度。从费正清开始，亲中共，甚至只是表现过同情中共革命的人，一一被叫到听证会上，质疑他们的立场，质疑他们对美国的效忠。

　　麦卡锡要对付的，主要不是中国，而是中国背后的苏联。那几年中，随着麦卡锡主义一并升高的，是美国人对苏联的恶感乃至仇视。从一九五二年起，美国最主要的民调公司盖洛普，每个月持续针对麦卡锡参议员的支持度做全美调查。一九五四年一月，麦卡锡的声望到达最高点，那一个月盖洛普民意调查显示：支持、赞成麦卡锡的占百分之五十，反对、不同意他的占百分之二十九，麦卡锡竟然获得了半数美国人的认同，简直到了可以选总统的高度。

　　不过也就在麦卡锡最不可一世时，发生了扭转历史发展的事件，集结了对麦卡锡的反对力量。这个事件，曾经由乔治·克鲁尼制作、导演，拍成电影《晚安，好运》。这部电影记录了一九五四年发生的真人真事。电影片名来自当年的一个电视新闻节目，主持人爱德华·默罗（Edward R.Murrow）在节目结束时，总是对着镜头（而且点着烟）很有个性地对观众点头说："晚安，好运！"（Good night, and good luck!）

电影开场时，麦卡锡已经几乎是全美国最有权力的人了，就连美国总统艾森豪威尔都不愿站在和他相左的立场上。已经有超过百人被叫到听证会上，被打成了可疑的苏联间谍或共产党的同路人。这些人原本的生活被打乱，甚至被摧毁了，有人因而自杀，也有人因而发疯，更多人因而失去了工作、失去了婚姻家庭。整个社会在麦卡锡的主导下，笼罩在受迫害的妄想中，大家都害怕身边有苏联间谍，近乎歇斯底里地在身边寻找可疑人物，同时也就助长了将自己看不顺眼的人指控为苏联间谍和共产党的风气。那影响所及就不是几百人了，而是几十万人，乃至几百万人。

爱德华·默罗和他的制作人深觉：美国正被麦卡锡带领着，走上一条疯狂的道路。作为公民，他们必须想想办法将美国唤醒；作为新闻工作者，他们更有义务揭示麦卡锡主义的黑暗面。但要想什么样的办法？怎样才能达到目的？大声疾呼有用吗？直接对抗、批判麦卡锡能产生效果吗？

讨论了许久，他们决定做一件简单的事，先只做这么一件简单的事。那年三月九日的《现在请看》(*See It Now*)节目做了一个麦卡锡专辑。除了开场、中间和结尾三段话是由默罗对着镜头讲的，其他时间通通都是麦卡锡参议员的谈话画面。他们把麦卡锡在参议院听证会上指控别人的话剪辑在一起，让观众看到麦卡锡一次又一次对着不同的人说：你是个背叛国家的人，因为你做了如何如何的事……

播了一连串麦卡锡对人们的指控后，默罗在结尾处说了一句重点："指控不等于事实。"指控需要有事实来支撑，然而麦卡锡的听证会上，只有指控，没有事实，他往往在没有提出任何事实证据的情况下，给人家戴上最严重的指控的帽子。

三月九日播了一集，一周后，三月十六日，又以同样手法再制作了一集。播出效果，远超出默罗他们原本的预期想象。那是电视才刚刚开始流行没多久的时代（台湾还要再等七八年才有第一家电视台开播），绝大部分的美国人是透过报纸或广播，尤其是透过转述知道麦卡锡及其听证会的。很少人有机会真正坐在参议院的听证会上，实际感受麦卡锡是个什么样的人，他用什么口气说话，用什么方式提问、逼问、訾骂、羞辱来作证的人。也因而很少人意识到：当麦卡锡沾沾自喜逮到"共产党员""卧底者"时，他手上握有的证据多么薄弱！

爱德华·默罗他们这些新闻人,在听证会现场具体感受过那种让人起鸡皮疙瘩的恐怖。他们目睹耳闻麦卡锡的控诉,无可避免在现场一再生出战栗联想:如果换作是我被叫去听证,我有办法躲过麦卡锡的迫害,从听证会中全身而退吗?更进一步,他们不得不问:有什么可保证,我不会是下一个被麦卡锡叫到听证会上的人吗?

　　一件事再简单不过:用麦卡锡的方式,每个人都可能、都可以被定罪为国家敌人,只要麦卡锡挑上了你。任何人被麦卡锡叫到听证会上,都不可能比这些已经被羞辱、被定罪的人,回答得更好,因为麦卡锡从来不在意你怎么回答,他从来不在意事实。默罗要让美国人看到他们所看到的、真实的麦卡锡的嘴脸。

　　不过就是如实、原原本本让观众看到麦卡锡的样子、他说话的口气、他足以摧毁别人人生的指控的方式,果然就让美国社会起了大骚动。情况逆转,不同意、反对麦卡锡的人,大幅增加。几个星期之后,麦卡锡给默罗送来了一个大礼,加速了自己的下坠速度。四月六日,麦卡锡上了《现在请看》节目,接受默罗的访问。在现场直播的节目里,麦卡锡很快就失控了,当场发飙,将他在听证会上的那套言行搬了出来,开始指控说:默罗,我知道你跟谁谁谁走得很近，我手上有证据显现你不是个善良、正常的美国公民。可是当默罗追问、要他拿出证据时，他却只是绕圈圈，用更凶恶的语气重复指控。

让那么多人看到麦卡锡的真面貌，帮助美国社会快速从麦卡锡主义的集体歇斯底里中清醒过来，这是美国历史上重要的一页，也是美国新闻史上辉煌的一页。新闻尽到了其本务——促使濒临疯狂的社会醒过来。这是美国新闻行业最根本的责任信念。台湾新闻行业的现实恰好与之构成极端的对比，我们的新闻是每天想方设法要让这个社会失去理性节制，一个发疯了的社会，竟然才是新闻媒体的利益所在。何其荒谬啊！

42.

一九五四年八月，麦卡锡上了《现在请看》节目之后，新的盖洛普民调数字是：百分之三十六的人赞成他，百分之五十一的人反对他。麦卡锡的势力快速瓦解，两年多之后，还不到五十岁的麦卡锡因病去世，正式结束了美国历史上既荒唐又可怕的这一页。

麦卡锡不在了，然而塑造麦卡锡主义的一些元素，却没那么容易消失；还有，麦卡锡主义在美国社会留下的创伤，也没那么容易彻底痊愈。整个五十年代，美国社会陷入不信任的恐慌中，带着一种集体焦虑，老觉得有人要出卖你，有人要出卖这个社会，别人要出卖这个国家，上上下下惶惶不安。

惶惑不安、缺乏自信的社会，很容易倾向于寻找可以指责的替罪羔羊。五十年代，另外一股强大的社会力量，是寻找乃至创造"国民公敌"。那个时代，美国甚至出现了建制化的机构，从事寻找、创造"国民公敌"的工作。

那个机构是联邦调查局，简称"FBI"。这个大名鼎鼎的机构，拥有最高联邦司法调查权，这很难想象，却是确凿的事实。FBI是个庞大的机构，里面有很多探员，还有很多行政职员，不过绝大部分时间，这些探员、职员，都由同一个人支配控制。

这个传奇人物是约翰·埃德加·胡佛。胡佛出生于一八九五年，和海明威属同一世代，一九二四年，他还没满三十岁，就被任命为调查局的负责人。这个属于联邦政府的机构，是个小单位。因为犯罪司法调查主要是由州政府负责，这个单位只处理牵涉到一个以上的州、没有个别州负责的调查活动。

然而，一方面是联邦政府逐渐扩权，一方面归功于胡佛的积极手腕，到一九三五年，调查局转型、升级为联邦调查局，胡佛顺理成章担任新创的 FBI 第一任局长。他的局长职务一直当到什么时候？到一九七二年，三十七年之后，死亡才让他不得不离开这个位子。

胡佛活了七十七岁，其中五十多年，待在同一个单位，领导、掌控一个单位近五十年！换另外一个算法，从 FBI 的前身调查局算起，近五十年的时间内，这个机构没有更换过负责人。如果说这个机构充斥着效忠胡佛的人，机构上上下下以执行胡佛的意志为主要任务，我们会觉得意外吗？

胡佛的 FBI 资历，在美国历史上是空前的，应该也会绝后。在以分权为主要政治价值的政府里，竟然可以把持如此重要的单位，不受任期约束，真是奇迹。胡佛凭什么？难道他不想交出位子、不想离开，就可以如愿吗？他凭借的，就是 FBI 如此重要，FBI 的调查权如此强大。至少有三位美国总统曾经试过要换掉胡佛，杜鲁门、肯尼迪和约翰逊，但三个人都失败了，而且都败得蛮惨的。

巅峰时期，胡佛手下有超过五千个调查员，在全美各地进行调查，他们搜集回来的情报资料，被整理成各式各样的档案。基本上，每一个美国名人，都有其 FBI 档案，里面放了许多他恐怕不会愿意让人家知道的私人行为记录。美国总统是名人中的名人，他们的档案比谁都厚、都丰富。即使贵为总统，都无法确知胡佛的机构究竟掌握了什么样的情报，更不可能有把握如果胡佛要发动报复，会对他们产生多严重的伤害。三个试图换掉胡佛的总统，都不是完人，也就不难理解为什么他们最终还是得对胡佛低头了。

　　败得最惨的是约翰逊。他本来立意坚定要撤换胡佛，也都想好了他的政治策略，然而一旦真的开始发动、运作，就发现自己踢到了铁板。胡佛毫不迟疑地发动反攻，轻而易举动员了许多国会议员组成保卫阵线，这对他有什么难的？哪一个国会议员没有一点金钱财物或男女关系上的秘密握在胡佛手中？接着胡佛索性利用机会，转守为攻，一鼓作气，逼着约翰逊节节败退，最后非但没有换掉胡佛，约翰逊还以总统行政特权颁布命令，规定 FBI 的局长不受联邦公务员退休年纪限制！这就是胡佛可以在局长任内合法干到死的依据。

　　一九九一年，导演奥利弗·斯通拍过一部电影《刺杀肯尼迪》，里面有一位锲而不舍调查肯尼迪总统暗杀事件的检察官吉姆·加里森（Jim Garrison），他努力想要有所突破的线索，就来自肯尼迪遇刺后，接任总统的约翰逊在这件事上不寻常、不合理的反应。先是一上任就急着要换掉胡佛，后来不只没有换掉，竟然反过来，给了胡佛可以终身当局长的酬庸待遇。这不是太奇怪了吗？

　　加里森的理论是：约翰逊想换掉胡佛，因为要换上一个自己人，来控制 FBI 对于肯尼迪暗杀案的调查。约翰逊后来换不掉胡佛，因为胡佛已经掌握了约翰逊最不希望 FBI 发现的事——约翰逊和暗杀案之间的关系。面对胡佛掌握的讯息，约翰逊毫无招架之力，只能动用一切可能的资源，来换取胡佛不披露他在暗杀事件中扮演的阴谋角色。

　　肯尼迪遇刺，发生在一九六三年十一月，距今已经五十多年了。这么久远的事，却一直到今天都还能刺激、引发美国人的强烈兴趣、激动讨论。因为这个案子有很多环节始终没有办法合理接连，以刻画出事实的轮廓。打到车前座州长的那颗子弹和穿过肯尼迪总统脑袋的那颗子弹，是不是同一颗子弹？一颗子弹还是两颗子弹？子弹是从仓库的窗户打出来的，还是另有开枪的地点？刺客奥斯瓦尔德是一个人行凶，还是另有帮凶？甚至，奥斯瓦尔德是真正开枪的凶手吗？最不可思议的事是，奥斯瓦尔德被捕后，他怎么可能在 FBI 宣布找到了凶手的记者会上，当场被人开枪干掉，灭口了事？

这些事都牵涉到 FBI，胡佛统治下的 FBI，那是一个神秘的黑洞，没有人弄得清楚究竟藏了多少秘密，也就会持续引发无法停歇的猜测、争议。胡佛是那个年代躲在体制中，却不受任何体制约束的权力黑手。

43.

用海明威的比喻，从海明威的角度看，麦卡锡和胡佛，都是鲨鱼吧！那个年代，他靠着写出《老人与海》重新站稳小说拳王的地位，进而获得了诺贝尔文学奖的桂冠和殊荣，然而他的生活、他的国家，却处在被鲨鱼环伺的情况中，远离英雄对决的光辉。

麦卡锡主义肆虐时，海明威是理所当然的国民公敌，是麦卡锡要对付的对象。不只 FBI 有一份厚厚的海明威档案，而且这份档案还以惊人的速度不断扩充、增长着。后来甚至有 FBI 内部的人爆料宣称，在胡佛私人关切的档案中，海明威排名第一，甚至还排在民权运动的马丁·路德·金博士前面。

我们不必尽信真有那么一份排行榜。不过胡佛会要FBI特别"关切"海明威，有其理由。光是他长年和古巴勾勾搭搭，毫不讳言古巴领导人卡斯特罗是其好友，就够让胡佛将他视为美国危险的敌人了。古巴是距离美国最近的共产主义国家，是美国后门口的一道威胁。尤其是在五十年代的冷战逻辑中，古巴受苏联控制，等于是守在美国近旁的一个攻击基地。

偏偏海明威和古巴的关系，一点都不寻常。《老人与海》中，圣地亚哥返航时，远远看到的是哈瓦那的灯光。哈瓦那是古巴的首都，虽然没有明讲，但海明威给了够多的线索，让我们知道那令人尊敬的老人是古巴人。还不只这样，他也给了够多线索让我们知道：虽然小说是用英文写的，不过圣地亚哥不讲英语，他讲的是西班牙语。老人是古巴革命社会的子民，不是美国资本主义社会的产物。

海明威甚至在古巴有他自己的情报网。他的动机是追踪流亡到古巴的纳粹余孽行迹，顺便将部分相关情报转递给美国政府。在胡佛眼里，这简直是嚣张的挑衅行径。和美国的敌人那么接近，还敢涉足情报调查工作，掌握私人的网络。胡佛当然讨厌海明威，当然会派出调查员严密监视他。

二十世纪五十年代初，海明威就知道胡佛的 FBI 在盯他，他不以为意，甚至视之为生活中的刺激、调剂。不过到了五十年代最后几年，情况急遽改变。引发变化的主因，是他的身体状况在一九五七年、一九五八年开始恶化。海明威的家族有精神和血液上的遗传病史。他的爸爸、一个弟弟、一个妹妹都死于自杀。而且海明威身上带着特殊的血液疾病，血中的铁质无法及时充分氧化，因而血液中会累积过多的铁，影响到血液的输送。

他身上还有各式各样的新旧伤痕，来自打猎、斗牛、拳击和飞行。他喜欢的活动，都是高风险的。最常跟在他身边、和他最接近的人之中，有一个是他的拳击教练，他的正式遗嘱，就是这位拳击教练在上面签名见证的。福克纳和海明威都热爱飞行。福克纳的飞机出过意外，摔死了他弟弟和他最要好的朋友。海明威的飞行意外，却是将自己摔个半死。

到了一定年纪，所有新伤旧伤都回来找他了。先是高血压，接着是血液传送不良，接着是肾脏出了问题，接着是肝脏出了问题，最终所有的问题都和他的精神问题互相联结，也都进而恶化了他的精神问题。

更进一步挑战他已经脆弱的精神状态的，是他和FBI的关系。他老觉得有人在监视他，觉得胡佛和FBI就在身边随时准备对付他。旁边的亲友，包括他的第四任太太玛丽·海明威，从他这种疑神疑鬼的反应，判断他有了被迫害妄想症的症状，也就是精神分裂的前兆。这样的判断不能说没有道理，然而问题在于：海明威的确被胡佛和FBI视为眼中钉，FBI真的有可能经常有调查员埋伏在他周围，胡佛真的有可能准备发动摧毁他的攻击。究竟什么是现实，什么是海明威精神失常的幻想？

海明威和玛丽去纽约时，大约每隔三分钟就认为自己看到了一个FBI的调查员，便衣埋伏着。玛丽当然不相信，当然担忧海明威疯了。可是后来解密的档案告诉我们，疯掉的不只是海明威。那一年，在纽约市一共有四百多个FBI调查员，其中有十分之一，即四十多个被胡佛下令派去严密监视海明威。海明威看到的鬼影幢幢，或许有一部分是他的幻想增添的，但其实恐怕还有蛮大一部分是真实的。

但他却因此付出了极大的代价。玛丽被他的反应吓到了，更加确信海明威精神错乱，到处向朋友哭诉他的病症，结果海明威一下子失去了妻子和朋友的基本信任。然后他又接受了《生活》杂志的邀请，要写一篇关于斗牛的文章。本来说好写一万字，然而完成的作品《危险夏天》，却长达六万字，那也是海明威在世时出版的最后一部作品。从一万字到六万字，可以想见海明威一发不可收拾的情况，他跑了一趟西班牙，做了各种调查，把自己弄得疲惫不堪，把自己的精神状况弄得更糟。

有一次，他和朋友吃晚餐，坐在窗边，抬头刚好看到对街的银行本来已经打烊了，突然屋内亮起灯来，他就对朋友认真地说："你看，他们进到里面去查我的账户了。"朋友吓了一跳，问他："你在那家银行有账户吗？"海明威想想，回答："没有。"但他还是坚持一定是FBI闯进去了，而且一定在做跟他有关的勾当。

到一九五九年，家人、朋友终于半哄半骗，送他进了位于明尼苏达州的梅奥医院。这是一家不断提出改革美国医疗服务模式的传奇医院，主张要从以医生为中心的价值，改变为以病人为中心。然而在我们的故事里，在海明威的生命历程中，梅奥却是最终的悲剧力量。海明威在梅奥被诊断为罹患了严重的精神分裂症，应该接受电击治疗。我们的大脑基本上是一套极为精细、复杂的微电系统，电流刺激不正常，人就有了不正常的感受与想法。电击就是将部分的电路烧断，抑制不正常的电流活动。然而，电击的过程中，很多神经通路都会一并受影响。病人看起来会平静、安静许多，那是因为被电击剥夺了很多与外界的感官联结，变麻木、变傻了。

那是肯·克西的小说《飞越疯人院》出版之前的时代，当然也是《飞越疯人院》还没有拍成经典电影的时代。肯·克西的书是一九六二年出版的，在海明威去世后一年。《飞越疯人院》写的是一个叛逆不羁的捣蛋鬼，为了逃避坐牢，假装自己是精神病患，被送进了精神疗养院。在那里，他和铁腕管理的护士长起了冲突，不断挑战护士长的权威。最后院方强制送他去做电击治疗，终于将他电成了一个乖乖不闹事的，但也无法响应世界的白痴般的人。

这部小说，以及后来由杰克·尼科尔森主演、得到奥斯卡金像奖最佳影片的电影，对美国的精神医学产生了极大的冲击，直接促成了精神医学界废除施行多年的电击治疗法。但可惜，海明威来不及等到这样的变化了。

真的不难想见，像海明威这样的人，抱持着如此积极战斗的生命态度，又有对于文字叙述反应敏锐的大脑，却被带去一次次做电击治疗，会是件多么悲惨的事。从梅奥回到爱荷华，回到他熟悉的有荒野围绕的庄园里，一九六一年七月二日，他将猎枪上膛，口含着枪口，扣下了扳机。

44.

前面提过，玛丽·海明威一直坚持那是枪支走火的意外，不过从客观资料上看，怎么看都只能解释为自杀。只是海明威的自杀，和一般人以自我意志终止生命不太一样，因为我们实在没有把握，经过电击后，他身上还留有多少自我意志。我们永远无法知道，如果他的大脑没有被改变、改造，海明威还会自杀吗？

海明威是那个时代最突出醒目的一个"偶像"（icon）。从他过世的一九六一年，一直到一九八三年，二十二年间，他的作品年销售总量从来没有低于七十五万本。这是个纪录，死去了这么多年，始终维持惊人的销量，海明威是第一人，可能也是唯一一人。

海明威之死，具备两个完全相反，却同等重要，甚至是同等迷人的象征意义。一方面，他象征了一个不服从的人，一个总是躁动抗拒的生命，不太将社会规约当一回事，这样的人，就算活在一般印象中最自由最包容的美国，都得付出相应的代价。社会有各种方法将你孤立起来，直到你彻底失去了在这个世界里继续生存的动能与勇气。

另一方面，海明威之死又象征了不管再怎么热情、怎么英勇的生命，其内在都有懦弱或脆弱之处，那是一种终极的、绝对的，与人的存在本源相连接的懦弱、脆弱。就连他的文学，都无法克服这份脆弱。即使英勇如海明威，也有其过不了关的脆弱。一种特别的说法是：上帝造人就不是预期人要去当海明威笔下的角色的。上帝没有赋予人那份足以承担海明威笔下角色的强悍力量。就连海明威自己都扮演不来他笔下的角色。

用不一样的角度，我们会在海明威的作品中读到不一样的内容。看《老人与海》，你可能看到老人的坚持与战胜大马林鱼，你也可能看到老人毫无所获回到港口的悲哀失败。你将海明威当成是一名勇者，无悔地以自己的个性面对并冲撞社会，因而付出代价，这是一种海明威。也许你将海明威看作是一个虚张声势、假装自己很强很勇敢，到头来却草草逃避了事的骗子，那也是一种海明威。神奇的是，不管看到哪一个海明威，你都不会想要远离他的小说作品，不会想要束书不读。当他是勇者也好，当他是骗子也好，你都能在他的小说中读到和自己生命相关的强烈讯息，并持续为之心惊不已。

附 录

老人与海

[美] 海明威 著

杨 照 译

他是个老人，独支一艘小船于湾流中捕鱼，到现在已经八十四天没有打到一条鱼。前四十天里还有一个男孩跟着。然而四十天都捕不到鱼后，男孩的父母跟他说：这老人确实是、绝对是个salao[1]，那种最倒霉的倒霉鬼。所以男孩在他们的命令下上了别艘船，那船第一周就捕到了三条像样的鱼。每天看到老人驾着空空的船回来，男孩就很难过，他总是过去帮老人拿收好的鱼线，或是拿鱼钩和鱼叉及卷在桅杆上的船帆。船帆用面粉袋东补西补，卷着，看起来就像常败军的旗帜。

　　老人瘦且憔悴，颈后布满深深的皱纹。阳光从热带海面反射，在他面颊上留下了棕色肿块。他的脸两侧都是这种良性的皮肤癌，而手上则是因为拉绳与沉重大鱼相持留下的深陷疤痕。不过没有一个是新的。它们都跟无鱼的沙漠上的风蚀地形一般古老。

　　跟他有关的一切都是老的，除了他的眼睛。他的眼睛有着海一般的颜色，而且是欢快的、不曾被打败的。

　　"圣地亚哥，"两人将小船拉上海滩后朝岸上爬时，男

1　原文为西班牙语，正确的拼写应为 salado，原意为"咸的""苦的"，此处意为"倒霉不吉利的"。

孩对他说，"我又可以跟你一起出海了。我们赚了一点钱。"

老人教过男孩如何捕鱼，男孩爱他。

"不，"老人说，"你正在一艘幸运的船上。继续跟着他们。"

"可是你记得你曾经有八十七天都没抓到鱼，然后我们接连三个礼拜每天都抓到大鱼。"

"我记得，"老人说，"我知道你离开我并不是因为怀疑。"

"是爸爸要我离开。我还是个孩子，我得听他的话。"

"我知道，"老人说，"这很正常。"

"爸爸不太有信心。"

"他没有，"老人说，"不过我们有。不是吗？"

"对，"男孩说，"我能请你到露台酒店喝杯啤酒吗？然后我们再把这些东西搬回家。"

"干吗不去？"老人说，"打鱼的和打鱼的一起去。"

他们坐在露台酒店，好些渔人取笑老人，他没有发脾气。另有一些比较老的渔人，看着他，替他难过。不过他们没有显露，只是客气地谈论着海潮、他们放绳的深度、那持续稳定的好天气，以及他们都看到了些什么。当天大有斩获的渔人已经回来，将他们捕到的马林鱼剖开，平放在两块木板上，每块木板的一头由两人抬着，蹒跚地走到鱼房，在那里等铺着冰块的卡车来将鱼运到哈瓦那的市场去。那些捕到鲨鱼的，则将鲨鱼送到位于凹湾另一头的鲨鱼工厂去，在那里鲨鱼被用滑车吊起来，肝被取走、鳍被割掉、皮被剥下，肉被切成一条一条准备用盐腌起来。

每当吹东风时，总会有一股味道越过海港从鲨鱼工厂传来；不过今天只有一层边缘薄薄的臭气，因为风很快转成北风，之后停息，露台酒店里很舒服，充满阳光。

"圣地亚哥。"男孩说。

"嗯。"老人说。他手持酒杯，正怀想着多年前的往事。

"我去帮你弄些明天要用的沙丁鱼饵好吗？"

"不，你去打棒球吧。我还能划船，罗赫略会帮我撒网。"

"我想去。如果我不能跟你去捕鱼，至少可以帮点别的忙。"

"你请我喝了啤酒，"老人说，"你已经是个大人了。"

"你第一次带我上船时我几岁？"

"五岁，那次我太急着把鱼拉上船，那鱼几乎要把船给拆了，差点害你送命，还记得吗？"

"我记得那鱼尾巴拍来拍去、撞来撞去，船座裂了，还有木棒用力敲打的声音。我记得你把我丢到船头放湿钓线卷的地方去，感觉到整艘船在颤抖，你敲打它的声音听起来像是要砍倒一棵树，甜腥的血味包围着我。"

"你真的记得，还是听我告诉你的？"

"我记得从我们第一次一块出海以来的每件事。"

老人用带着晒痕、自信与爱的眼睛看着男孩。

"如果你是我儿子我会带你出海赌一下，"他说，"但你是你爸你妈的儿子，而且你现在跟着一艘好运的船。"

"我去弄些沙丁鱼来？我还知道哪里可以弄到四只鱼饵。"

"我自己有今天剩下的。我把它们用盐腌了放在盒子里。"

"让我去弄四只新鲜的来。"

"一只。"老人说。他从来不曾失去希望与自信。然而现在希望与自信变得更鲜活，如同微风乍起之时。

"两只。"男孩说。

"两只，"老人同意了，"不是你偷来的吧？"

"我会偷，"男孩说，"但这些是我买的。"

"谢谢。"老人说。他太单纯，单纯到不会对自己的谦卑感到惊讶。不过他知道自己做到了谦卑，而且他知道谦卑没什么可羞耻的，也不会伤害真正的自尊。

"有这样的洋流，明天会是个好日子。"他说。

"你要朝哪边去？"男孩问。

"先去得远远的，等风转向时回航。我要在天亮前就出航。"

"我会试着叫他也到远处去捕鱼，"男孩说，"那样如果你钩到了真正的大鱼，我们可以过来帮忙。"

"他不喜欢到那么远的地方捕鱼。"

"他不喜欢，"男孩说，"不过我会看到他看不到的，比如海鸟抓鱼，然后叫他走远一点去追海豚。"

"他眼睛那么差？"

"他差不多瞎了。"

"真奇怪，"老人说，"他从没捕过海龟。那才是最伤眼睛的。"

"可是你在莫斯基托海岸[1]外捕了好多年海龟，你的眼睛还好好的。"

"我是个怪老头。"

1　包括尼加拉瓜和洪都拉斯东海岸，以中美洲印第安人中的莫斯基托人命名。

"可是你现在还够强壮去抓真正的大鱼吗？"

"应该够吧。而且有很多捕鱼的诀窍。"

"我们来把东西搬回家，"男孩说，"我就可以去拿网，再去弄沙丁鱼。"

他们从船上收拾了工具。老人将桅杆扛在肩上，男孩拿着木箱，箱里有卷得紧紧的棕色钓线、鱼钩、带柄的鱼叉。放鱼饵的箱子和木棒一起放在船尾，那木棒是当大鱼被拉到船边时用来制服它们的。没有人会偷老人的东西，不过最好还是把船帆和粗钓线带回家，沾到露水就不好了。虽然老人很确定没有当地人会偷他的东西，不过他还是觉得没有必要将鱼钩和鱼叉放在船上诱惑人家。

他们一起沿着路走上去，到老人的小屋，从开着的门进去。老人将缠着帆的桅杆靠着墙放，男孩则将木箱和其他工具放在桅杆旁边。桅杆几乎和小屋的一个房间一般长。小屋用王棕的坚实叶心，一种叫"海鸟粪"的材料搭盖起来，里面有一张床、一张桌子、一张椅子，以及泥灰地上一个可用炭火做饭的地方。由纤维强韧的"海鸟粪"摊平了层层交叠而成的褐色墙上，有一幅彩色的耶稣圣心像，另外还有一幅圣母像。这两幅画是他妻子的遗物。原来墙上还有一幅她的着色照片，后来被他拿下来了，因为看着那照片会让他觉得太孤单，现在照片放在墙角的架子上，在他干净的衬衫下面。

"你有什么可以吃的吗？"

"一锅放了鱼在里面的黄米饭。你要吃一点吗？"

"不，我回家吃。你要我帮你生火吗？"

"不，我等一下自己来。也许我就吃冷饭。"

"我能把渔网带走吗？"

"当然。"

其实根本没有渔网，男孩清楚记得是什么时候把渔网卖掉了。不过他们每天都这样假装。也没有放了鱼在里面的黄米饭，男孩也知道。

"八十五是个幸运数字，"老人说，"你要不要看我明天带一尾超过一千磅的鱼回来？"

"我会拿走渔网然后去弄沙丁鱼。你会坐在门口的阳光下吗？"

"对。我有昨天的报纸，我要看棒球的消息。"

男孩不知道昨天的报纸是真的还是编造的。但老人从床底把报纸拿出来了。

"佩德里科在酒店里给我的。"他解释。

"弄到了沙丁鱼我就回来。我会把你的和我的一起放在冰上，明天早上我们可以分用。我回来时你可以告诉我关于棒球的事。"

"扬基队不会输的。"

"但我怕克利夫兰印第安人队。"

"要对扬基队有信心，孩子。想想伟大的迪马吉奥[1]。"

"我怕底特律老虎队和克利夫兰印第安人队。"

"一不小心你会连辛辛那提红人队和芝加哥白袜队都怕了。"

"你研究一下，等我回来时告诉我。"

"你觉得我们去买一张尾数是八十五的彩券好不好？明天是第八十五天。"

"我们可以买啊，"男孩说，"不过你的伟大纪录八十七如何？"

"那不会有第二次的。你觉得你能找到一张八十五的吗？"

"我可以订一张。"

"一张。那是两块半。我们能跟谁借？"

---

1 迪马吉奥（Joe DiMaggio），美国传奇棒球运动员，从 1936 年至 1951 年全部职业生涯在扬基队度过，创造了连续五十六场比赛击出安打的记录。

"这容易。我总是可以借到两块半的。"

"我想我大概也借得到。但我尽量不借。今天借，明天就去乞讨了。"

"老爹你要穿暖些，"男孩说，"记住现在已经九月了。"

"大鱼来的月份，"老人说，"如果是五月，谁都能当个渔夫。"

"我现在去弄沙丁鱼来。"男孩说。

男孩回来时，老人在椅子上睡着了，太阳也下山了。男孩从床上拿旧军毯铺在椅背和老人的肩膀上。这奇特的肩膀，老了却还很有力，脖子也很强壮，老人睡着了头往前倾的时候皱纹看起来就没那么明显。他的衬衫补了很多次，就像他的船帆，而那些补丁被阳光晒得褪成了深浅不一的颜色。但老人的头很老了，当他眼睛闭着时脸上就没有任何生气了。报纸摊在他的膝盖上，被他手臂的重量压着，没有被晚风吹走。他光着脚。

男孩将他留在那里，当他回来时，老人还在睡。

"醒醒，老爹。"男孩说，并将手放在老人的一个膝盖上。

老人张开眼睛，一时间他像从很远的地方回来了。然后他笑了。

"你拿着什么？"他问。

"晚餐，"男孩说，"我们来吃晚餐。"

"我不怎么饿。"

"来吃吧，你不能光打鱼不吃饭。"

"我有吃。"老人一边起身将报纸折起一边说。然后他开始叠毯子。

"把毯子披着吧，"男孩说，"只要我活着，就不会让你光打鱼不吃饭。"

"那么就活久一点，照顾好自己，"老人说，"我们吃什么？"

"黑豆和米饭，炸香蕉，还有一些炖肉。"

这些是男孩用双层金属餐盒从露台酒店带过来的。两组刀叉匙分别用纸巾包着放在他口袋里。

"这是谁给你的？"

"马丁，那个老板。"

"我一定要谢谢他。"

"我谢过他了，"男孩说，"你不用再去谢他。"

"我会给他大鱼的肚肉，"老人说，"他不止一次这样对我们好吗？"

"应该是吧。"

"那我一定要在大鱼肚肉外再多给他些别的。他对我们很体贴。"

"他还给了两份啤酒。"

"我最喜欢罐装啤酒。"

"我知道，不过这些是瓶装的，哈土依啤酒[1]，我会把酒瓶送回去。"

"你真好，"老人说，"我们来吃吧？"

"我一直在叫你吃啊，"男孩温和地对他说，"你想吃了，我再去打开餐盒。"

"我现在想吃了，"老人说，"我只需一点时间洗一下。"

你到哪里洗？男孩想。村子供水的地方在两条街外。我一定得把水弄到这里来给他，还有肥皂和一条像样的毛巾，男孩想。我怎么之前都没想到？我一定要给他找一件衬衫、一件冬天用的夹克、随便什么样的鞋子和另一条毯子。

"你这炖肉棒极了。"老人说。

"告诉我关于棒球的事吧。"男孩要求。

1　该款啤酒以 16 世纪印第安泰诺族酋长哈土依的肖像为标签。哈土依因反抗西班牙征服被烧死，被誉为古巴首位国家英雄。

"就像我说的，在美国联盟 [1] 里扬基最厉害。"老人高兴地说。

"他们今天输了。"男孩告诉他。

"那没什么，伟大的迪马吉奥恢复身手了。"

"队上还有其他人。"

"当然。不过有没有他才是真正的差别。另一个联盟，在布鲁克林和费城两队之间，我一定选布鲁克林。不过我又想起迪克·西斯勒 [2] 和他在老球场的那些了不起的打击表现。"

"那真是前所未见。他打出了我看过的最远的全垒打。"

"你还记得他以前常来露台酒店吗？我很想邀他一起出海打鱼，但我太胆小了不敢问。然后我叫你去问，你也同样太胆小。"

"我知道。那真是个大错。他有可能跟我们一起去。那么我们就能记上一辈子。"

"我想要找伟大的迪马吉奥一起出海打鱼，"老人说，

1　1901 年成立，与 1876 年成立的国家联盟，在 1903 年达成协议承认彼此对等地位，组成大联盟。

2　迪克·西斯勒（Dick Sisler），美国著名棒球运动员，1948 年至 1951 年效力于费城人队。当时该队主场为西毕球场（Shibe Park）。

"听说他爸爸是个渔夫。也许他从前也跟我们一样穷，他能了解我们。"

"伟大的西斯勒的爸爸从来都不穷。他，西斯勒的老爸，在我这个年纪时就在打大联盟了。"

"你这个年纪时，我在一艘跑非洲的多帆大船上当水手，夜晚看过狮子在海滩上。"

"我知道，你告诉过我。"

"我们该谈非洲还是棒球？"

"我想还是谈棒球吧，"男孩说，"跟我说说伟大的约翰·J.麦克格罗。"他把 J 说成"Jota"[1]。

"他以前也常来露台酒店。不过他一喝起酒来就很粗野，说话很凶，很难相处。他在乎棒球也在乎赛马。至少他随时在口袋里放着那些马匹的名单，而且经常在电话里讲那些马的名字。"

"他是个了不起的总教练，"男孩说，"我爸爸认为他是最了不起的。"

"因为他来这里最多次，"老人说，"如果多罗彻继

---

1 约翰·J.麦克格罗（John Joseph McGraw），美国著名棒球运动员和球队经理。J 为"Joseph"的首字母，但小男孩用西班牙语读作"Jota"（何塔）。

续每年都来这里，你爸爸就会认为他是最了不起的总教练了。"

"那到底谁才是最了不起的总教练，卢克还是迈克·冈萨雷斯？"

"我觉得他们一样了不起。"

"而你是最厉害的渔夫。"

"不，我知道有更厉害的。"

"才不呢[1]，"男孩说，"有很多好渔夫，有一些了不起的渔夫，不过只有一个你。"

"谢谢。你让我很高兴。我希望不要碰到那么了不起的大鱼把我打败，证明我们错了。"

"只要你仍然像你说的那么强壮，就不会有这样的鱼。"

"也许我不如自己想象的那么强壮了，"老人说，"不过我懂很多诀窍，而且我有决心。"

"你现在该去睡觉了，明早才会有精神。我把东西拿回露台酒店去。"

"那么晚安了，早上我会叫你。"

1　原文为西班牙语 Que Va，男孩的口头禅。

"你是我的闹钟。"男孩说。

"年纪是我的闹钟,"老人说,"为什么老人都那么早醒?为了要让一天长一点吗?"

"我不知道,"男孩说,"我只知道年轻男孩睡得晚又睡得熟。"

"我记得那种睡法。"老人说,"时间到了我会叫醒你。"

"我不喜欢他来叫我,好像我比他低一级似的。"

"我知道。"

"好好睡,老爹。"

男孩出去了。他们是在没有灯的情况下吃饭的,老人脱下裤子,在黑暗中上床。他把裤子卷起来当枕头,报纸塞在里面。他将自己卷在毯子里,躺在另外一些盖住床垫弹簧的旧报纸上。

他很快睡着了,他梦见了非洲,他还是个男孩,梦见长长的金色海滩,还有白色海滩,白到刺眼,还有高高的岬角,还有褐色的大山。现在他每晚都住在那岸边,在他的梦中他听见海浪呼啸并看见土著们的船穿浪而过。睡梦中他闻到甲板上沥青和填絮的味道,闻到早晨微风从陆地带来的非洲的味道。

通常当他闻到从陆地来的微风，他就醒来穿好外出的衣服，去叫男孩。但今晚陆地微风的味道来得很早，在梦中他知道太早了，就继续做梦，看见群岛从海中浮起时露出的白顶，然后又梦见了加纳利群岛的不同海港和海上的定锚点。

他不再梦见暴风雨，也不再梦见女人，不再梦见重要事件，不再梦见大鱼、打架、比力气，也不再梦见妻子。他只梦见当下的地方和海滩上的狮子。暮色中它们像小猫一般玩耍，他爱那些狮子如同爱那个男孩。他从来不曾梦见过和男孩有关的事。他就这么醒来，看着开着的门外的月亮，把卷着的裤子展开穿上。他在屋外小便，然后往上走一段路去叫男孩。在清晨的冷冽中他微微颤抖着。不过他知道颤抖会带来暖意，一会儿他就能划船了。

男孩住的房子房门没有上锁，他打开门，静静地光脚走进去。男孩睡在第一个房间里的吊床上，借由残月透进来的光，老人可以清楚地看见男孩。他轻轻抓住男孩的一只脚，直到男孩醒来转过身看他。老人点点头，男孩从床边的椅子上拿起裤子，坐在床上把裤子穿好。

老人走出门，男孩跟着他。他还很困，老人搂搂他说："对不起。"

"才不呢，"男孩说，"男人就该这样。"

他们沿路走下来，回到老人的小屋。一路上，在黑暗中，赤脚的人们移动着，扛着他们的船桅。

到了老人的小屋，男孩拿起装在篮里的钓线卷、鱼叉、鱼钩，老人将上面卷了帆的船桅扛上肩。

"你要喝咖啡吗？"男孩问。

"我们把东西放上船，然后去喝点。"

他们在一个于清晨服务渔人的地方，喝了装在炼乳罐里的咖啡。

"你睡得好吗，老爹？"男孩问。他慢慢清醒了，虽然还是很难彻底离开睡眠状态。

"很好，马诺林。"老人说，"我今天很有自信。"

"我也是，"男孩说，"我现在得去拿你的沙丁鱼，还有我的，以及你的新鲜鱼饵。他会自己拿我们的东西来。他从来不要别人拿。"

"我们不一样，"老人说，"你五岁时我就让你拿东西了。"

"我知道，"男孩说，"我会回来。再喝一点咖啡。我们可以在这里赊账。"

他走开了，赤脚走在珊瑚礁上，去存放鱼饵的冰屋。

老人慢慢地喝他的咖啡。他一整天就只吃这个，他知道他应该吃。很长一段时间以来他厌倦吃东西，而且他从来不带午餐。在船头他有一瓶水，那就是他一整天仅需的。

男孩带着沙丁鱼和两份用报纸包着的鱼饵回来了。他们沿着小径向船走去，感觉到脚底下夹着小石头的沙地。他们把小船抬起来，让它滑入水里。

"祝你好运，老爹。"

"祝你好运。"老人说。他将船桨上的绳索套绑在桨架上，上身前倾以抗拒桨片入水的阻力，他开始将船划出海港，在黑暗中。有一些其他的船从别的海滩出海，虽然此时月亮落在山后，老人看不见他们，却听得到他们的船桨入水和推水的声音。

有时候有人会在船上说话。不过大部分的船除了落桨声外都是静默的。出了港湾口后，船就散开，各自朝认为能找到鱼的地方划去。老人知道他要去得远远的，把陆地的味道留在身后，划入干净的清晨大海的味道中。他看见马尾藻在水中发出磷光，当他划经渔人们称为"大井"的水域，这里水深突然增加到七百英寻[1]，因为洋流冲刷海底

---

1 英寻，海洋测量深度单位，每英寻约合 1.8288 米。

峭壁造成了漩涡，有各种鱼类聚集。有虾群，有适合作饵的鱼，有时有乌贼群在最深的洞中。这些水族夜晚会升到靠近水面的地方，所有在那里徘徊的鱼就过来捕食它们。

黑暗中，老人能够感觉到破晓正在接近，他一边划一边听着飞鱼离开水面的颤抖声，以及它们在黑暗中飞远时硬翅破空的嘶嘶声。他很喜欢飞鱼，视它们为他在海上最主要的朋友。他替鸟难过，尤其是那种纤细的暗色燕鸥，总是在飞在找却几乎从来不曾找到什么，他想，除了靠打劫为生的鸟和那种特别强壮的大鸟之外，一般的鸟活得比我们还辛苦。为什么他们要将像海燕那样的鸟造得那么精致细腻，明明大海是那么残酷？她很亲切又很美。但她可以突然变得那么残酷，那些一边飞一边点水猎鱼的鸟，带着微小而哀伤的叫声，实在精致得不适合大海。

他总是将大海想成 la mar [1]，前面用阴性冠词，在西班牙语中，人们爱海的时候就这样叫她。有时爱她的人也会说她的坏话，不过他们总是把她当作女性来说。有些年轻的渔人，那种拿浮筒来当钓线浮标，靠着鲨鱼肝卖到的好

1　原文为西班牙语。mar 是大海之意，la 和 el 都是冠词，相当于英语里的 the，但在西班牙语中，la 用在阴性名词前，el 用在阳性名词前。

价钱买了汽艇的年轻人，他们会用 "el mar"，也就是阳性的属性来称呼她。他们把她视为一个竞争对手、一个地方，甚至一个敌人。不过老人总是将她想成女性，可以给予或收回恩宠的，假使她做了什么狂野或邪恶的事，那也是因为她不由自主。和女人一样，她也受月亮影响，他想。

他稳定地划着，一点都不吃力，因为他保持着低于平常的速度，而且除了偶尔出现的洋流漩涡之外，海面很平稳。他让洋流帮忙分担了三分之一的工作，当晨光开始亮起，他发现自己已经比原先预想此时该到的地点划得更远了。

我在深井这一带努力了一个星期，什么都没得到，他想。今天我要弄清鲣鱼和长鳍金枪鱼群所在之处，或许在它们中间会有一条大鱼。

天光大亮之前，他拿出鱼饵，让船随洋流漂荡。一个鱼饵放下到四十英寻。第二个鱼饵放到七十五英寻，第三个和第四个深入到蓝色海水中一百英寻和一百二十五英寻。每个饵都是头朝下，钩柄放进饵鱼中，紧紧绑好缝好，钓钩凸出来的部分，弯曲处与尖刺，都用新鲜的沙丁鱼包住。每尾沙丁鱼都用钩子穿过双眼，一尾尾在凸出的钢铁上排开，看起来像半个花圈。这钓钩对大鱼来说没有一个部位不是香甜可口的。

男孩给了他两尾新鲜的小金枪鱼或者长鳍金枪鱼，他拿来绑在两条最深的钓线上，像铅坠似的。其他钓线上绑的是之前用过的一尾大青鲹和一尾金银鱼，不过这两尾状况都还很好，而且可以靠沙丁鱼增添香味和吸引力。每一条钓线有大的铅笔那么粗，绕在一根尚发青的钓杆上，饵上有任何动静，杆就会往下沉。每条钓线都是两捆四十英寻长的线卷，而且可以快速接上另外的备用线卷，需要时，一条鱼可以拉出超过三百英寻长的钓线。

现在老人注视着小船一边的三根杆子是否下沉，慢慢地划动船，让钓线保持垂直在各自的适当深度。周遭已经很亮，太阳随时可能升起。

阳光薄薄地从海上升起，老人看见了其他的船，低贴着水面，在很靠近海岸的地方，跨越洋流散布着。然后太阳越来越亮，耀光照映水面。当太阳完全升到海平面上，海面将阳光反射进他眼里，眼睛剧痛，他避开不看向前划。他朝下望进水中，看着直直降入黑暗之处的钓线。他的钓线比任何人的都直，因而在黑暗水流中的每一个深度，在他要的地方，都有一个鱼饵准确地在那里诱引着游过的鱼。其他人让鱼饵随洋流漂荡，因而有时他们以为鱼饵在一百英寻处，事实上鱼饵却在六十英寻处。

他想，然而我将鱼饵放得准确。只是运气不再眷顾我。但是谁知道呢？也许就是今天。每天都是新的一天。最好运气来。不过我宁可准确。这样运气来时你就有准备了。

太阳现在升高两小时了，往东看不再让他眼睛痛。视野范围内现在只有三艘船，它们显得很矮小，很靠近海岸。

一生中，刚升起的阳光老是刺痛我的眼睛，他想。不过它们还是好得很。黄昏时，我可以直视太阳都不会看到黑影。黄昏太阳还更强。但早上太阳很刺目。

这时候，他看到一只军舰鸟张着黑色的长翼在他前面的天空中盘旋。那鸟快速下降，翅膀后掠斜落，然后又恢复盘旋。

"它已找到了什么，"老人抬声说，"它不只是在找。"

他慢速且稳定地将船划向那只鸟盘旋的区域。他不赶，一直维持钓线垂直。不过他前进的速度比洋流快一些，若不是要利用那只鸟，他不会在放下钓线后移动得那么快，不过他仍然坚持以对的方式钓鱼。

那鸟在空中飞高了些，再度盘旋，两翼维持不动。然后它急速下降，老人看见飞鱼从水中跃射出来，拼命地飞过海水表面。

"海豚，"老人抬声说，"大海豚。"

他搁下桨，从船头下取出一条小钓线。那线上有一段铁丝导线和一个中等大小的钓钩，他在钓钩上钩了一条沙丁鱼作饵，把它放入船的侧边，固定在船尾的环型螺栓上。然后他又在另一条钓线上设饵，让它在船头的阴影下卷曲地放着。他重新拿起桨来划，继续看那只有着长翅膀的黑鸟，鸟此刻飞得离水面很近，在寻找鱼踪。

就在他盯着看时，那鸟再度后掠双翅冲下，然后狂乱且徒然地扇动翅膀追逐飞鱼。老人看得见那些大海豚尾随逃走的鱼时在海上造成的些微隆起。海豚穿行在飞逃的鱼群下方水中，这样当飞鱼落下时，它们刚好等在那里。那可真是一大群海豚，他想。它们分散在很广的范围，飞鱼没什么机会逃得掉。那鸟也没有机会。飞鱼对它来说太大，又飞得太快。

他望着飞鱼一次又一次冒出水面，以及那鸟徒劳无功的行动。这一群已经离我而去了，他想。它们游得太快，又太远。不过也许我可以捡到一条没跟上队的，也许我的大鱼就在它们周围。我的大鱼一定在某个地方。

这时云在陆地上升起如山，海岸只剩下一长条绿线，后面是灰蓝色的山丘。海水现在是深蓝色的，深到几乎成紫。他朝下看，看见浮游生物在幽暗海水中四撒的红色，以及太阳现在照出的异光。他望着钓线，看见它们直直消失在海水中，看到那么多浮游生物让他高兴，那意味着会有鱼。现在太阳更高了，阳光照射在水中的奇光意味着好天气，陆地上方云的形状也意味着这一点。不过现在那鸟几乎都看不到了，水面上没东西，除了几块被阳光晒褪色的黄色马尾藻，以及一只靠近船边的僧帽水母，有着紫色的、有一定形状的、带虹晕的胶质囊袋。它偏向一边，然后又转正。它愉快地像个气泡漂浮着，带着致命毒液的紫色长须在水中拖了一码长。

"Agua mala[1]，"老人说，"你这婊子。"

从桨轻划的地方往水中看下去，他看见同水母的拖尾长须颜色类似的小鱼，在长须之间及这气泡漂浮时投下的小小暗影里泗游。它们不怕水母的毒液。但人会怕。有时水母长须攀上了钓线，留在那里，黏黏的、紫色的，当老人钓鱼时臂上、手上就会出现一块块、一条条的红肿伤口，就像碰到了毒藤或毒橡树时那样。不过中了 Agua mala 的

1　西班牙语，意为"僧帽水母"。它的触须有剧毒，被刺中会极度疼痛。

毒，症状来得更快，像是挨了一鞭。

带着虹晕的气泡很漂亮。不过它们是海上最虚伪的东西，老人喜欢看到大海龟把它们吃掉。大海龟看到它们，从正面靠近，然后闭起眼睛用壳护好全身，将它们连带长须通通吃进去。老人爱看海龟吃它们，也喜欢在暴风雨后的海滩上用他长满老茧的脚底踩它们，听它们被踩破时发出的声音。

他喜欢绿海龟和玳瑁，喜欢它们的优雅、速度，以及值钱。对于又大又笨的红海龟，老人带着一分友善的轻蔑，它们有黄色的龟壳、奇特的做爱方式，还会愉快地闭起眼睛来吃掉僧帽水母。

他对海龟没有迷信，尽管在捕龟船上工作了好些年。他替所有的海龟感到难过，甚至包括巨大的、像小船一样长、重达一吨的棱皮龟。大部分人都残忍对待海龟，因为海龟被切开来杀了，心脏还会继续跳动好几小时。可老人想，我也有那样的心脏啊，而且我的脚、我的手也很像海龟的。为了让自己强壮，他吃白色的海龟蛋。一直到五月，他都吃海龟蛋，以便到了九月、十月要捕真正的大鱼时够强壮。

他还每天喝一杯鲨鱼肝油。在许多渔人放工具的小屋里都有一个装鲨鱼肝油的大桶，想喝的人就可以去喝。大部分渔人都讨厌那个味道。不过那味道讨人厌的程度，不会超过渔人们需要摸黑早起这件事吧。何况鲨鱼肝油可以防治伤风、流行性感冒，又有益于眼睛。

这时老人抬头，看到那鸟又在盘旋了。

"它找到鱼了。"他抬声说。没有飞鱼破水而出，饵鱼也无动静。然而老人看着饵鱼时，一尾小金枪鱼浮升出水面，翻个身，又头朝下回到水中。阳光下，金枪鱼闪着银亮的光，在它落回水中后，一尾又一尾金枪鱼浮升起来，它们在各个方向跳跃，翻搅着海水，追逐着饵鱼长跳。它们绕着饵鱼、赶着饵鱼。

要是它们游得不那么快，我就可以抓它们了，老人想。他看着那群鱼将水面搅成白色，看着那鸟这时不断点水啄食惊慌中被追浮上来的饵鱼。

"这鸟是个好帮手。"老人说。此刻在他脚下缠绕了一圈的船尾钓线绷紧了，他放掉桨，拉紧钓线往内收，可以感觉到那条小金枪鱼抖动的拉力。每多收一点，那抖动就多一分，他看得见那鱼在水中的蓝背，在他将鱼从船侧拉上来甩入船内前，看到了鱼身的金亮。它躺在船尾的阳光下，很结实，形如子弹，匀称、快速摇摆的鱼尾拼命重击船板，大大的、蠢蠢的眼神凝视着。出于同情，老人给了它头上一击，又踢了它一下，它的身体还在船尾的阴影中抖动着。

"长鳍金枪鱼，"他抬声说，"它可以拿来做漂亮的饵。它有十磅重。"

他不记得从什么时候开始，只要一个人就自言自语。从前独自一人时他就唱歌，在渔船或捕龟船上夜里独自值班管舵，他有时会唱歌。他八成是在男孩离开后，养成了一个人的时候大声自言自语的习惯。但他不记得了。当他和男孩一起捕鱼时，他们通常只在必要时说话。他们在夜里或遇到坏天气而被困在暴风雨里时交谈。在海上，非必要就别多说被视为美德。老人向来认同也尊重这样的看法。但现在他一再大声说出自己的想法，反正船上也没人会被吵到。

"要是别人听到我大声说话，他们会觉得我疯了。"他抬声说，"但既然我没疯，我不在乎。有钱人有无线电，在船上无线电可以跟他们讲话，还可以给他们棒球消息。"

现在不是想棒球的时刻，他想。这是只能想一件事的时刻。我为此而生的那件事。在那鱼群周围可能有条大鱼，他想。我只从觅食的长鳍金枪鱼中捡了一尾落单的。它们这时正在远处快速觅食。今天所有在水面出现的都游得很快，而且都朝向东北去。是因为这个时辰，还是我不晓得的天气变化征兆？

他现在看不到海岸的绿色，只看到蓝色山丘的白顶，好像覆盖了雪，以及上面如同更高的雪山般的云朵。海很暗，光线射入水中，折射出七彩。众多的浮游生物群在升高的太阳的映照下不见了，老人当下只看得到蓝色海水中广大深邃的七彩光，还有他的钓线，直直地落入水中一英里深。

金枪鱼又都到下面去了，渔人们管那类鱼都叫金枪鱼，只有到要买卖或拿它们来换饵时才更精确地分辨究竟是哪种鱼。这时阳光很热了，老人感觉到阳光晒在后颈上，也感觉到划船时汗珠沿着背往下滴。

他想，我可以让船漂着，睡一觉，用钓线在脚趾上绑一圈，钓线动了就会醒来。不过今天是第八十五天，我得好好钓鱼。

就在此刻，盯着钓线，他看到其中一根突出水面的绿钓杆急剧下沉。

"有了，"他说，"有了。"他将桨从船侧收上来，小心不碰撞船身。他伸手拉那条钓线，轻轻地把它捏在右手大拇指和食指间。他没有感觉到任何拉力或重量，所以轻轻捏着。然后钓线又动了。这回是试探性的一拉，不结实也不重，但他确切地知道那是什么。在一百英寻下，有从小金枪鱼头饵里探出来的手工钓钩，一尾马林鱼正在吃包住钓钩柄和钓钩尖的沙丁鱼。

老人小心地握住钓线，然后轻轻地用左手将钓线从杆上解下来。现在他可以让钓线滑过指间，底下的鱼却不会感受到任何拉扯。

离岸这么远的地方，在这个月份，它一定超大，他想。吃吧，鱼，吃吧，请吃。它们多新鲜啊，而你在那里，六百英尺下的黑暗冷水中。在黑暗中转个身再回来吃吧。

他感觉到轻巧、细致的拉力，然后来了较重的一拉，想必沙丁鱼头没那么容易从钓钩上扯下来吧。然后，没动静了。

"来啊，"老人抬声说，"再转个身。闻闻看，它们很可爱吧？把它们吃完了，还有金枪鱼。又硬又冷又可爱。别害羞，鱼啊，吃吧。"

他将钓线拉在拇指和食指间，等着，同时盯着其他的钓线，因为那鱼有可能游上游下。然后，同样细致的拉扯感又来了。

"它会吞下去，"老人抬声说，"天主保佑它吞下去。"

不过，它没有吞下去。它走了，老人手上没有任何感觉了。

"它不可能走掉，"他说，"耶稣基督知道它不可能走掉。它在转身。也许它之前被钩到过，它还多少记得。"

然后，他感觉到钓线上的微触，他高兴了。

"它只是绕了一圈，"他说，"它会吞下去的。"

他很高兴地感受着微微的拉力，然后他感受到一股强烈的拉扯，重得令人难以置信。那是鱼的重量，他让钓线往深处坠，坠，坠，放掉两捆备用线卷的第一卷。钓线从老人指尖轻轻往下走时，尽管他的拇指和食指几乎完全没有用力，他仍然可以感受到巨大的重量。

"多大的鱼啊，"他说，"鱼饵现在打横在它嘴里了，它正带着鱼饵离开。"

然后它会翻身将饵吞下去，他想。他没说出口，因为知道一旦先讲出来，好事可能就不会发生。他知道这真的是条大鱼，想象着它嘴里横梗着金枪鱼在黑暗中游走。此刻他感觉到鱼停住了，但那重量还在。接着重量增加了，他再多放了些钓线。他短暂地将拇指和食指夹紧了些，重量增加了，直直往下坠。

"它吞下去了，"他说，"现在该让它好好吃一下。"

他任钓线从指间滑过，一边伸长左手，将两捆备用钓线卷的线头，接上旁边那条钓线的两捆备用钓线卷。这样他就准备好了。现在除了正在用的这捆之外，他还有三捆四十英寻长的备用钓线。

"再吃一点，"他说，"好好享用。"

吃到让钓钩尖端刺进你的心脏杀了你，他想。乖乖地浮上来，让我用鱼叉叉住你。很好。你准备好了吗？你这顿饭吃得够久了吗？

"就是现在！"他大声说，用双手猛力一拉，收进一码的钓线，然后一拉再拉，两臂用尽力气在钓线上前后轮流摆动，还加上身体的重量。

没有用。那鱼继续慢慢游走，老人甚至没办法把它拉上一英寸。他的钓线很结实，是专门用来钓大鱼的，他把钓线背到背上，线拉得很紧，紧到有水珠从线里蹦出来。然后钓线开始在水中发出低微的嘶嘶声，他仍然紧握着，将自己撑在座板上，为了抵抗鱼的拉力而向后仰。船开始慢慢动起来，朝西北方而去。

那鱼稳定地前进，他们一起在平静的海面移动。其他的饵还在水里，但老人什么事也做不了。

"真希望男孩在，"老人抬声说，"我被一条鱼拖着，变成一根缆柱了。我可以把线绑死，但那样线会被它拉断。我必须尽力掌握它，给它它需要的线。天主保佑，还好它是往前而不是往下游。"

如果它决定往下游，我怎么办？我不知道。如果它潜入海底死掉，我也不知道该怎么办。但我总会做些什么。有很多事我可以做。

他把线背在背上，看着线在水中的斜度。船持续朝西北移动。

这样会要它的命，老人想。它不可能一直这样下去。然而四小时过去了，那鱼却还是继续朝着外海稳定游着，拉着船，老人还是背着钓线实实在在撑着。

"钓到它的时候是中午，"他说，"到现在我一次也没看到过它。"

钓到这条鱼之前，他将草帽重重地拉下来，现在草帽割痛了额头。他也很渴，他跪下来，小心不要猛拉钓线，尽量靠近船头，伸长一只手拿水瓶。他打开水瓶喝了一点水。然后他靠着船头休息。他坐在没立起来的船桅和船帆上休息，试着什么都不要想，只是忍受着。

然后他回头看，陆地完全看不见了。那没什么差别，他想。我总是可以靠着哈瓦那的灯光回航的。日落前还有两小时，说不定它会在那之前浮上来。如果没有，说不定它会随着月光浮上来。如果没有，说不定它会在日出时浮上来。我没有抽筋，觉得自己很强壮。是它嘴里有个钓钩。不过，这鱼真了不起，这么能拉。它一定用嘴紧紧地咬住铁丝。我真想看看它。我真想就看它那么一次，晓得我的对手究竟长什么模样。

老人观察起星星来，看来那鱼整夜都没有改变它的路线、它的方向。日落后天变冷了，老人的汗水冰冷地在背上、臂上、腿上干了。白天他曾将盖鱼饵箱的布袋摊在太阳下晒干。日落之后他将布袋绑在脖子上，罩住他的背，小心地将布袋塞到这时背在他肩膀上的钓线下面。布袋垫着钓线，他也找到了一种向前靠住船头的方式，他舒服多了。那姿势其实只是比较没那么难以忍受而已，但他觉得这样就舒服多了。

只要它一直保持这样，我就不能拿它怎样，它也不能拿我怎样，他想。

有一次，他站起来到船舷边小便，并且观察星星检查自己的航程。钓线看起来像是从他肩膀伸入水中的一道磷光。鱼和他现在移动得比较慢了，哈瓦那的灯光没那么强烈，所以他知道洋流正在将他们带往东边。如果哈瓦那的光亮看不见了，我们一定到了更东边，他想。因为如果那鱼的方向继续维持，我应该还可以看着那道光好几小时。我好奇大联盟棒球今天的结果如何，他想。如果干这个，有台收音机就好了。然后他想，要一直想着这件事，想着你正在做的事。你不可以做出任何蠢事来。

然后他抬声说："要是男孩在就好了。可以来帮我并瞧瞧这个。"

人年老时不该孤独，他想。但这是无法避免的。我一定得记得在金枪鱼坏掉前把它吃掉来维持力气。要记得，不管你多么不想吃，早上都一定要吃金枪鱼。要记得，他告诉自己。

夜里有两只瓶鼻海豚过来绕着船，他可以听见它们打滚、喷水。他听得出雄海豚吵闹的喷水声和雌海豚轻叹的喷水声的不同。

"它们很好，"他说，"它们玩，开玩笑，彼此相爱。和飞鱼一样，它们也是我们的兄弟。"

然后他开始同情他钓到的那尾了不起的鱼。它很棒又很怪，没人知道它多大年纪，他想。我从来没钓到过这么强悍的鱼，也没碰过行为这么怪的。也许它太聪明了所以不跳。它如果跳起来，或是疯狂地冲过来，可以要了我的命。不过或许它以前被钓过很多次，它知道应该用这种方法来抵抗。它不晓得它的对手只有一个人，更不知道他是个老人。但它真是尾了不起的鱼，如果它的肉够好，在市场上可以卖多少钱！它吞饵的方式像雄的，它拖船的方式像雄的，它毫不惊慌地战斗。我好奇它有什么计划，还是只不过跟我一样情急拼命？

　　他记得有一次他钓到一对马林鱼中的一尾。雄鱼总是让雌鱼先猎食，被钩住的雌鱼狂乱、惊惶、绝望地搏斗，很快就精疲力竭了。整个过程中，雄鱼一直陪着它，越过钓线，在水面上绕着它游。雄鱼靠近到老人担心它会用它那像镰刀般锐利，也和镰刀同样大小、同样形状的尾巴割断钓线。当老人用鱼叉叉住雌鱼，敲击它，握住它那边缘像砂纸一样粗的剑形长吻，用木棒打它头顶，直到它变成类似镜子背面般的颜色，然后在男孩的协助下，把它抬上船时，雄鱼都在船边逗留。然后，当老人在清理钓线、准备鱼叉时，雄鱼在船边高高跳起来看雌鱼在哪里，再落入海中深处，它浅紫色的双翼，那是它的胸鳍，张开着，显现出它身上所有的浅紫色条纹。它真美，老人记得，而且它没有离去。

那是我在鱼身上看过的最悲哀的事，老人想。男孩也觉得很难过，我们请求雌鱼原谅，快快地把它切开来。

"真希望男孩在这里。"他抬声说，让自己靠在船头弯圆了的船板上，从他背上肩膀上的钓线感受到那鱼的力量，它朝它选择的方向稳定前进。

自从上了我的当之后，它必须有所选择，老人想。

它的选择是留在黑暗深水里，远离所有的罗网、陷阱、诈术。我的选择是到那里，在没有人的地方，找到它。在世上没有人到过的地方。我们从中午开始就结合在一起了。没有人来帮我，也没有人帮它。

也许我不该当个渔人，他想。可是我生下来就是要当渔人的。我一定要记得天亮后吃掉那条金枪鱼。

天亮之前，有东西吞了拖在后面的鱼饵。他听到钓杆折断，那条钓线开始越过小船舷边向外急拉。在黑暗中他将小刀从鞘里抽出来，用左肩承受大鱼的全部力量，往后倾斜，垫着船舷木板将那条钓线切断。然后他又切断了最靠近他的另一条钓线，在黑暗中把那条钓线的备用线卷也接过来。他用脚踩着线卷把它固定住，灵巧地用一只手将线头绑紧。这下子他就有六捆备用线卷了。两卷分别来自他切断的两条钓线，另外两卷来自刚刚被大鱼咬饵的这条钓线，六卷备用线都接绑在一起了。

天亮之后，他想，我会到后面把四十英寻的那条钓线也切断，将那两捆备用钓线也接过来。我会损失两百英寻上好的加泰罗尼亚钓线、钩子和钓杆。那些再换补就有了。但要是钓到了其他鱼却丢了这条大鱼，那可就没处换补了。我不知道刚刚吞饵的到底是条什么样的鱼。可能是马林鱼，或剑鱼，或鲨鱼。我从头到尾都没有感觉到它，我不得不赶快让它走。

他抬声说："真希望男孩在这里。"

不过你身边没有男孩，他想。你只有自己，你最好现在到后面，不管天暗还是天亮，把那条钓线切断，接上那两捆备用钓线。

他就去做了。在黑暗中很难做，一度那鱼猛冲了一下，他脸朝下被拉倒，眼睛底下被割破一道伤口。血沿着他的脸颊流下了一小段距离，还好在流到下巴前就凝固了。他移动着回到船头，靠着船板休息。他调整了布袋的位置，小心地让钓线勒在肩膀上不同的部位，等钓线在肩上固定住了，他仔细地感觉那鱼的拉力，再用手在水里测探船的航速。

我好奇它干吗那样突然一冲，他想。一定是铁丝在它的大背丘上滑了一下。当然它的背不会像我的背那么痛。不过它不可能永远这样拉着小船跑，不管它多了不起。现在所有可能惹麻烦的因素都被清除掉了，我有一大堆备用钓线，一个人所需要的我都有了。

"鱼，"他柔柔地抬声说，"我会陪你到死。"

它也会，我猜，老人想，一边等着天光显现。天明之前的时刻很冷，他用力抵着船板来取暖。它能撑多久我就能撑多久，他想。在第一道天光中可以看见钓线伸出去，没入水中。船稳定地前进，太阳从老人的右肩上方，露出最初的边沿。

"它朝北方去了。"老人说。洋流会让我们偏向东边，他想。希望它会转向跟洋流一致。那就表示它累了。

太阳再升高一点时，老人意识到那鱼还没累。只有一个有利的迹象。从钓线倾斜的角度看，它游上来了一点，没有之前那么深。这未必意味着它就会跳上来。但有可能。

"愿天主叫它跳，"老人说，"我有够长的线可以应付它。"

要是我让线绷紧一点，它会因为觉得痛就跳了，他想。现在是白天，让它跳出水面，背脊两边的鱼鳔里就会充满空气，那样它就不会沉到深水里死掉。

他试着将线绷紧一点，不过自从钓到这条鱼，线就一直绷紧到几乎要断掉的程度。他往后靠着拉线，用手感受了一下钓线的紧度，知道不能再加力道了。我绝对不能猛拉，他想。每次猛拉就会加大钓钩制造的伤口，如果伤口太大，等它跳出水面时，钓钩可能会被抛掉。无论如何，有太阳感觉好多了，而且这一次我还不必直视阳光。

钓线上粘着黄色的海草，老人很高兴，他知道那只会增加对鱼的拉力。那些就是夜晚发出那么亮的磷光的黄色马尾藻。

"鱼，"他说，"我非常爱你也非常尊敬你，但在这一天结束前我会杀死你。"

让我们如此期望，他想。

一只小鸟从北边飞近小船。它是一只会唱歌的鸟，在水上低低地飞着。老人看得出来它很累了。

那鸟飞到船尾，在那歇着。然后它绕着老人的头飞过，停在钓线上，在那里它更舒服。

"你几岁了？"老人问那鸟，"这是你的第一趟旅程吗？"

他说话时那鸟看着他。它太累了，累到甚至没有检查一下钓线，它纤细的脚紧紧抓住钓线，身子在上面摇晃。

"那很稳,"老人告诉它,"那太稳了。经过无风的一夜,照理说你不该那么累才对。鸟儿们终将遇到什么?"

老鹰,出海来找它们的老鹰,他想。不过他没有告诉小鸟,反正它听不懂,而且它很快就会知道关于老鹰的事了。

"好好休息,小鸟,"他说,"然后去碰运气,就像所有的人、所有的鸟、所有的鱼。"

它鼓舞他说话,因为他的背在夜里僵硬了,现在真的很痛。

"如果你愿意,可以留在我的屋里,鸟儿,"他说,"很抱歉我没办法把帆张开,让你随着正在升起的微风一同走。不过我有个朋友陪着我。"

就在此刻,那鱼突然一动,把老人拖向船头,要不是赶紧挺住并放掉一点钓线,他很可能就被从船上拖下水了。

钓线一移动鸟就飞起来,老人甚至没看到它飞走。他用右手小心地摸了摸钓线,才注意到自己的手在流血。

"有什么让它痛了。"他抬声说,将钓线往后拉,看能不能拉转那鱼。不过当他拉到线快断掉时,他握稳了线,让线回复原来的紧度。

"你现在感觉痛了吧,鱼,"他说,"老天知道,我也是。"

他张望着寻找鸟儿的踪影，因为他想要鸟儿的陪伴。但鸟儿飞走了。

你没待多久，老人想。你要走的路程更艰辛，一直到岸上才能休息。我怎么会让那鱼那么一拉就伤到我了呢？我真的变得很笨了。要不然就是我在看那只小鸟，心思用在它身上了。现在我会注意我的工作，然后我得吃那条金枪鱼了，这样才不会没力气。

"真希望男孩在这里，也希望有点盐巴。"他大声说。

他将钓线上的重量移到左肩，小心跪下，在海水中洗手，并把手浸在水里超过一分钟，看着血迹拉长，看着水随着船的运动持续拍打他的手。

"它比之前慢多了。"他说。

老人很想把手留在咸水中再久一点，但他担心万一那鱼又会突然猛力一拉，所以他就站了起来，将自己撑住，抬起手来对着太阳。不过就是一个被钓线磨破了的伤口。不过伤在手上用力的位置。他知道在这一切结束前，他会需要自己的手，很不喜欢重头戏还没开始就受伤了。

"现在，"当他的手已晾干，他说，"我得吃那尾小金枪鱼了。我可以用鱼钩把它拉来，在这里舒舒服服地吃。"

他跪下，用鱼钩在船尾下找到那条鱼，把它拉过来，没有碰到钓线卷。他又用左肩背着钓线，在左手和左臂上绕一圈，然后把金枪鱼从鱼钩上取下，再将鱼钩放回原处。他用一只膝盖压住鱼，从鱼头到鱼尾纵向地切下一条条暗红色的肉。这些肉条是楔形的，他从鱼脊骨边一路切到鱼肚边缘。切下六条后，他将鱼肉条放在船头的木板上，在裤子上把刀抹干净，把鱼的残尸从尾巴提起来，丢到海里去。

"我想我吃不了一整条。"他说，又抽出刀来将一条鱼肉切成两半。他可以感觉到钓线持续的拉力，他的左手抽筋了。它僵卷在粗线上，他嫌恶地瞪着它。

"这什么手啊！"他说，"要抽筋就去抽筋吧。把你自己搞成一只爪子好了。对你没好处的。"

算了吧，他望进暗色的海水，盯着钓线的斜度想。赶快吃，吃了手就会有力气。那也不是手的错，而是你已经跟这鱼折腾很多个小时了。不过你可以永远跟它这样纠缠下去。现在就吃那条小金枪鱼吧。

他拿起一片鱼肉，放进嘴里，慢慢地嚼。倒也没有不舒服的感觉。

好好咬，他想，把汁液都吸收进去。如果有一点青柠、柠檬或盐巴也不坏。

"你感觉如何，手？"他问抽筋的手，那手现在僵硬得像死尸，"我再为你吃一点。"

他吃掉了那一片切开来的另外一半。他仔细地咀嚼，然后把鱼皮吐出来。

"现在怎么样，手？还是仍然太早了没办法知道？"

他又拿起另外一整片来咬着。

这是条血色旺盛、强壮的鱼，他想。我还蛮幸运的，钓到它而不是钓到海豚。海豚太甜。这鱼几乎没任何甜味，而且所有的力量都还在肉里。

不过除了讲究实用，别的都没意义，他想。真希望手上有点盐巴。而且我不知道太阳会让剩下的鱼肉坏掉还是被晒干，所以尽管不饿，我最好还是全吃了吧。那鱼目前很冷静也很稳定。我会把剩下的都吃下，然后我就准备好了。

"要有耐心，手，"他说，"我这是为了你。"

真希望我能喂那鱼吃点东西，他想。它是我的兄弟。但我必须杀了它，我必须保持强壮以便能杀了它。慢慢地，认真地，他把所有楔形的鱼肉条都吃了。

他挺直腰，在裤子上擦手。

"现在，"他说，"你可以放掉线卷了，手，我会单用右手臂对付它，直到你不闹了为止。"他用左脚踩着左手握着的粗线，往后靠，来抵住背上那股拉力。

"天主帮帮忙，让抽筋停了吧，"他说，"因为我不晓得那鱼接下来要做什么。"

不过鱼看来很平静，他想，遵照着它的计划。但它的计划是什么，他想。我的又是什么？因为它那么大，我只能跟着它随机应变。如果它跳出水面我就能杀了它。但它永远待在底下。那我就会永远跟这么它耗着

他在裤子上摩擦那只抽筋的手，试着让手指放松。但手就是打不开。也许被太阳照了它就会打开。也许等强壮的生鱼条消化了它就会打开。如果我真的需要，我会不计一切代价把它掰开。不过我不想现在强迫它打开。让它自己打开，自己恢复。毕竟夜里为了要松开、绑紧好几条线，我让它太辛苦了。

他的视线扫过海面，意识到自己多孤单。不过他看得到暗黑深水中折射的七彩光，还有向前延伸的钓线，以及平静水面上奇特的起伏。信风正在堆积着云朵，他朝前看，看见一群野鸭以天空为背景，在水面上显现自身，然后模糊，一会儿又显现，因而他明了人在海上从不孤单。

他想到，有些人对在一艘看不到岸的小船上感到很害怕，他知道如果在天气会突然变坏的季节，他们那种害怕是有道理的。然而现在是台风季，当没有台风来时，台风季的天气是全年中最棒的。

有台风来时，如果你在海上，早几天前就看到天空中有征兆了。在岸上的人们不知道台风要来，那是因为他们不晓得该找什么样的征兆，他想。当然，在陆地上云的形状也会不一样。不过现在没有台风要来。

他望着天空，看到白色的积云像一堆堆令人愉快的冰淇淋逐渐增加，再上面是如同薄羽般的卷云[1]，映衬着高高的九月天空。

"一点点微风[2]，"他说，"这天气对我比较有利，对你比较不利，鱼。"

他的左手还在抽筋，不过他慢慢把手指掰开了。

我讨厌抽筋，他想。自己的身体跟你捣蛋。吃坏了而在人前拉肚子或呕吐，是丢脸的事。而抽筋，他认为是一

1　原文为西班牙语。

2　原文为西班牙语。

种痉挛[1]，则是对自己的羞辱，尤其独自一人时更觉羞辱。

如果男孩在，他就可以帮我揉一揉，从手臂一路放松下来，他想。不过，它总是会松开的。

然后，他先在右手上感觉到了不同的拉力，之后才看到水中钓线斜度的变化。接着，他往前靠向钓线，并将左手又重又快地在大腿上拍击，他看到钓线缓缓地往上偏斜。

"它要上来了，"他说，"赶快，手，拜托快点。"

钓线缓慢而稳定地上升，然后海面在小船前方鼓起，鱼浮出来了。它持续地浮现，水从它的两侧倾下。它在阳光下发亮，它的头和背是深紫色的，太阳照射着，它侧边的条纹看起来很宽，而且是浅紫色的。它的剑喙像棒球的球棒那么长，越往前越尖，如同决斗剑。它将全身的长度从水中显现，然后又沉进去，平顺地，像个潜水者。老人看见它那了不起的镰刀状鱼尾沉下去了，钓线开始被快速拉出去。

"它比我的小船还要长上两英尺。"老人说。钓线被快速却稳定地拉出去，那鱼没有惊恐。老人试着用两手让钓线维持在刚刚好不会断掉的程度。他知道如果不能借着持

---

1 原文为西班牙语。

230

续的压力让鱼慢下来，它将所有钓线拉出后，会拉断钓线。

它是条了不起的鱼，我得让它服气，他想。我一定不能让它意识到它自己多有力，也不能让它知道它如果猛冲会怎样。如果我是它，我现在就不顾一切放手一搏，直到把什么搞断了为止。不过，感谢天主，它们不像要杀它们的我们那么聪明，尽管它们要比我们来得高贵且有力。

老人看过很多了不起的大鱼。他看过很多超过一千磅重的大鱼，他这一辈子还曾经捕到过两条这么重的，不过都不是自己一个人。现在他只有一个人，完全看不到陆地，和一条他从没看过，甚至从没听说过的最大的鱼拴在一起，而且他的左手仍然像老鹰紧握的脚爪那么紧。

它总是会松开的，他想。当然它会松开来帮助右手。三样东西构成了兄弟关系：鱼和我的两只手。它一定会松开。鱼慢下来了，恢复了原本的速度。

我好奇它为什么会跳上来，老人想。好像就是为了让我看看它有多大。不管怎样，我现在知道了，他想。真希望我也能让它看看我是什么样的人。不过那样它就会看到我抽筋的手。让它以为我比原本的我更厉害，我也就会真的变得那么厉害。真希望我是那鱼，它拥有一切，只需用来对抗我的意志和智慧，他想。

他舒服地靠在船板上，对痛苦逆来顺受，那鱼稳定地游着，船慢慢航过暗色的水面。从东边吹来的风带来了一点浪，到中午，老人的左手松开了。

"对你是个坏消息啊，鱼。"他说，一边将钓线移到盖住他肩膀的布袋上。

他舒服地受着苦，完全不承认自己在受苦。

"我不是个虔诚的教徒，"他说，"不过我会念十遍《天主经》、十遍《圣母经》来祈祷捕到这条鱼，要是真的捕到了，我会到科夫雷的圣母[1]那里朝圣还愿。这是个许诺。"

他开始机械地念着他的祈祷文。有时他会累到无法记得祈祷文，然后他会说得很快以便祈祷文可以自动涌现出来。《圣母经》要比《天主经》容易念，他想。

"万福玛利亚，你充满圣宠，主与你同在，你在妇女中受赞颂，你的亲子耶稣同受赞颂。天主圣母玛利亚，求你现在和我们临终时，为我们罪人祈求天主。亚孟。"然后他自己加了一句："圣母，请赐这条鱼死。虽然它那么神奇。"

---

1 埃尔科夫雷为古巴圣地亚哥市的一个城镇，以仁爱圣母大教堂闻名。

念完祈祷文，他觉得好了些，尽管身上还是一样痛，甚至更痛。他靠着船头的木板，开始机械地动着左手手指。

太阳现在很热，虽然风柔柔地吹起。

"我最好把船尾那点钓线重新装饵，"他说，"要是那鱼决定这样继续过一夜，我得再吃点东西，而且瓶里的水不多了。我猜在这里只能抓到海豚吧。不过如果够新鲜，吃起来应该也不差。真希望今晚能有一尾飞鱼跳上船来。但我没有灯来引诱它们。飞鱼生吃最棒了，而且还不需要切开。现在我必须节省我所有的力气。老天，我还真不知道它那么大。"

"但我还是会杀了它，"他说，"尽管它那么了不起，那么壮观。"

虽然这样并不公平，他想。不过我会让它知道一个人有多大能力，一个人又能忍受得了多少。

"我告诉男孩我是个怪老头，"他说，"现在是证明我的话的时刻了。"

过去他曾经证明过千百次，都不算数。现在他要再次证明。每一次都是新的，正在进行时他从来不想过去。

真希望它睡一下，那样我也可以睡一下，梦见狮子，他想。为什么就只剩狮子留下来呢？别想，老家伙，他对自己说。现在靠着船板好好休息，什么都别想。能不动就不动。

已经是下午了，船还是慢慢、稳定地前进。不过多了东风带来的阻力，老人随着轻波上下起伏，钓线在他背上造成的痛楚平顺、轻易地传来。

下午钓线一度又向上升。不过那鱼只是在比较靠近水面的地方继续往前游。阳光晒在老人的左臂、左肩和背上，因而他知道那鱼的方向转朝东北了。

既然他已见过它一次，他能想象那鱼在水中将紫色胸鳍如鸟翼般张开，巨大的尾巴竖立着，划穿黑暗。我好奇它在那么深的地方看得到多少，老人想。它的眼睛好大，一匹马用小得多的眼睛就能在黑暗中看得见。一度，我在黑暗中有很不错的视力。不是在彻底的黑暗中。但几乎就和猫的视力一样好。

阳光和反复的手指活动这时已经让他的左手完全从抽筋中放松开来，他开始将更多的压力换到左手上，同时耸耸肩膀的肌肉，让钓线产生的痛感也换换位置。

"要是你还不累，鱼，"他抬声说，"那你真的很奇怪。"

这时他觉得非常累了，而且他知道夜色很快就要降临，他试着去想点别的事。他想想职棒大联盟，对他来说，那是 Gran Ligas[1]，他知道纽约扬基队正在和底特律老虎队对战。

我已经连续两天不知道这个系列赛事[2]的结果了，他想。但我得有信心，我得对得起伟大的迪马吉奥，他即使带着脚踝上骨刺的痛，都把每件事做得很完美。什么是骨刺？他问自己。骨头突出了一块[3]。我们没有这种毛病。那会像斗鸡脚上绑的铁刺刺进脚踝那么痛吗？我大概忍受不了那样的痛，也没办法像斗鸡一样在失去一只眼睛或两只眼睛后继续斗下去。和了不起的禽兽相比，人实在不怎么样。我仍然宁可自己是那条在海里黑暗之处的野兽。

"除非鲨鱼过来，"他抬声说，"如果鲨鱼过来，天主怜悯它，一并怜悯我。"

你相信伟大的迪马吉奥会跟我一样，跟一尾鱼相峙这么久？他想。我很确定他会，甚至还会更久，因为他既年轻又强壮。他的爸爸也是个渔人。不过骨刺不会使得他太

---

1 西班牙语，"大联盟"。

2 原文为西班牙语。

3 原文为西班牙语。

痛苦吗？

"我不知道，"他抬声说，"我从来没长过骨刺。"

日落时，为提振信心，他记起当年在卡萨布兰卡的酒馆里，自己曾经和船上最强壮的家伙，来自西恩富戈斯的了不起的黑人掰手腕。一天一夜的时间，两人的手肘摆在桌上用粉笔划出的线上，两人的上臂撑得直直的，两人的手握得紧紧的。两个人都试着要把对方的手扳到桌面上。煤气灯照亮的房间里人来人往，很多人对他们俩的比赛下赌注。他看着黑人的臂、手和脸。从大约八小时之后，每四个小时换一个裁判，让原来的裁判可以去睡觉。血从他和黑人的指甲下渗出来，两人盯着对方的眼、手、臂，赌客进出房间，坐在靠墙的高脚椅上看他们比赛。墙被漆成浅蓝色，是木板墙，灯火将他们的影子投射在墙上。黑人的影子巨大，随微风轻吹灯火而移动。

赔率整夜不断来回改变，他们喂黑人喝青柠酒，也帮他点烟。

黑人喝了青柠酒之后，会来一阵猛攻，一度将老人——他那时还不是老人，而是冠军[1]圣地亚哥——的手扳到只离桌面三英寸高。然而老人又把手扳回到正中间的位置。

---

1 原文为西班牙语。

那刻他确认已经可以打败这个黑人对手了，他人很不错，又是个了不起的运动员。天亮时，当赌客们要求干脆宣布和局，裁判摇摇头，他发动了攻击，逼迫黑人的手往下、往下，直到躺平在桌面的木板上。这场比赛从星期天早上开始，到星期一早上结束。许多赌客要求宣布和局，因为他们得到码头上搬运糖包或到哈瓦那煤矿公司上班。要不然每个人都想看他们比出个输赢来。无论如何，在任何人得开工前，他把比赛终结了。

在那之后，很长一段时间每个人都叫他"冠军"。春天时他和那个黑人还比了一场。不过赌金不多，而且他很轻易地就赢了，因为第一次比赛的经验已经让西恩富戈斯的黑人丧失自信了。在那之后，他又比了几场，再来就不比了。他相信要是自己够想赢，就能打败任何对手，而且比赛会伤害他用来钓鱼的右手。他试过几次用左手比赛。但他的左手总是不可靠，叫它做什么它就不做。他信不过左手。

太阳把它好好烤透了，他想。除非夜里天变得太冷，它应该不会再抽筋了。不晓得今晚还会发生什么事。

一架朝向迈阿密的飞机从头上飞过，他看见飞机的影子吓到了一群飞鱼。

"那么多飞鱼，附近应该有海豚。"他说，同时扯着钓线往后仰，看看是否能够拉回一点线来。但不行，钓线仍然绷得很紧，水珠在上面颤动，再紧一分就会断掉。船缓缓地向前移动，他望着那架飞机，直到它飞远了看不到为止。

坐在飞机上一定很奇怪，他想。我好奇从那样的高度往下看，海是什么模样。如果飞得不是太高，他们应该可以清楚地看到那鱼。我很想慢慢地飞在两百英寻的高度，从上面看那鱼。在捕龟船上，我上到主桅的十字交叉点，即便从那样的高度，都可以看到很多东西。从那里看，海豚看起来更绿些，你可以看到它们的条纹、它们身上的紫斑，你可以看到它们整群在游泳。为什么在黑潮中游得快的鱼，背都是紫色的，而且身上通常会有紫色的条纹或斑点？海豚看起来当然是绿色的，因为事实上它是金色的。但是当它要猎食时，它的侧面会出现和马林鱼一样的紫色条纹。会不会是生气或高速运动，把条纹激出来的？

天黑之前，他们经过一大片在光线下起伏摇摆的马尾藻，看起来好像大海正躲在黄色毯子下跟什么东西做爱，这时小钓线钩到了一只海豚。他第一次看见它，是它跳出海面时，最后的夕阳照出它身上真正的金色，它在空中激烈地扭曲、拍动。出于害怕，它反复像空中飞人般跳着。他努力移动到船尾，趴伏着用右手和右臂拉住大钓线，他用左手将海豚拉过来，每收一段线，就用光裸的左脚将线踩住。当海豚被拉到船尾边，绝望地从这边冲到那边，老人俯身探出船尾，将闪着光滑金色、带有紫斑点的海豚拉了上来。它的嘴不由自主地快速咬着钩子，用它长扁的身子、它的尾巴、它的头敲击小船的船底，他用木棒击打它那闪着金光的头，直到它从微颤到完全静止。

老人将鱼从钩上解下来，挂上另一条沙丁鱼饵，将钓线抛回海中。然后他努力慢慢地回到船头。他将左手洗了洗，在裤子上擦拭。然后他将沉重的钓线从右手换到左手，在海水中洗了右手，一边看着太阳沉入海中，粗粗的钓线在水里倾斜。

"它都没变。"他说。不过观察了水拍打着手的运动，他注意到其实船明显变慢了。

"我要把两支桨横绑在船尾的水中，那样夜里就可以让它慢下来。"他说，"它能熬夜，我也能。"

迟一点再清海豚的肚肠比较好，可以让血留在肉里。稍晚一点，我可以一并清海豚的肚肠以及绑船桨制造阻力。现在最好给那鱼清静，别在日落时分去打扰它。太阳要下山时对所有的鱼来说都是麻烦的时刻。

他让手在空中吹干，抓住钓线，尽量放松自己，以至于可以任自己被拽到靠着船板，把一半甚至大部分的拉力转到船上。

我学着该怎么做才对，他想。至少这部分学会了。然后，他想起那鱼自从吞了饵之后就没有吃过任何东西，那鱼很大，需要很多食物。我吃掉了整条小金枪鱼。明天我还会吃那只海豚。他称它为 dorado[1]。也许一边清理海豚时我就该一边多少吃一点。它的肉不像小金枪鱼那么容易吃。不过，反正没有什么事是容易的。

"你觉得怎样，鱼？"他抬声问，"我觉得很好，我的左手好多了，而且我有足够支持一天一夜的食物。拉船吧，鱼。"

他并不是真的觉得很好，因为钓线在他背上制造的痛苦已经超越痛苦，变成让他无法放心的麻木状态了。不过我经历过更糟的，他想。我的手上只有一点小伤口，另一只手的抽筋也已经消失。我的腿好好的。还有，现在，在食粮上我也胜过它了。

1　西班牙语，"金色的"。

现在天黑了，在九月，一旦日落天就暗得很快。他躺靠在老旧的船头木板上，尽量休息。最初的几颗星星出来了。他不知道猎户星的名字，不过他看到了猎户星，而且知道过不了多久所有的星星都会出来，他所有的远方朋友都会在。

"那鱼也是我的朋友，"他抬声说，"我从没看到过，也没听说过这样的鱼。但我还是得杀了它。幸好我们不用试着去杀死星星。"

想象一下，要是人每天得试着去杀死月亮，他想。月亮逃走了。但再想象一下，要是人每天得试着去杀死太阳呢？还好，我们生来幸运，他想。

然后他为那条没东西吃的了不起的鱼感到难过，但是要杀它的决心从来没有因为这样的难过而放松过。这样一条大鱼可以给多少人吃啊，他想。不过这些人够格吃它吗？不，当然不。从它的行为方式和它了不起的自尊来评断，没有任何人够格吃它。

这些事我不了解，他想。然而，不需要试着去杀死太阳、月亮或星星，总是好的。光是得在海上讨生活，杀死自己真正的兄弟，就已经够了。

他想，现在我得好好思考增加阻力的事。那样有危险，也有好处。如果把那两支桨绑得好好的，让船不再那么轻，它用力拉的时候我可能会失去太多线，以至于让它逃掉。船那么轻，一直拖长我们两个的痛苦，却可以保护我的安全，毕竟它拥有至今还不曾施展出来的速度。不管怎样，我得去清理海豚的肚肠，以免它坏了，然后吃掉一些它的肉，让自己有力气。

现在我要休息个把小时，确定它够坚实稳定，再移到船尾去工作，并作出决定。同时我可以观察它的行动，看看是否有什么改变。把桨绑起来是个不错的计策，然而现在已经到了必须考虑安全的时刻了。它仍然是条完整有力的鱼，我看到钓钩在它的嘴角，而它把嘴闭得紧紧的。钓钩的伤害对它不算什么。饥饿的折磨，以及它在对抗它所不理解的事物，才是重点。休息吧，老家伙，让它工作，直到你的下一件差事出现。

他休息了自己觉得应该是两个小时的时间。月亮要更晚才会升起，他无从判断时间。而且他无法真正休息，只是相对地休息。鱼的拉力仍然在肩，不过他把左手搁在船舷上，将越来越多抗力转移到船身。

要是我把钓线固定住，那就简单多了。然而只要稍微歪一下，它就可能把钓线拉断。我必须把自己的身体当作缓冲垫，随时准备好用两手放线。

"但是你都还没睡啊，老家伙，"他抬声说，"已经过了半天加一夜又加另外一天，你都没睡。你必须想个办法在它安静、稳定时睡一下。都不睡的话，你的脑袋会变得不清楚。"

我的脑袋够清楚，他想。太清楚了。我跟星星——我的兄弟们———样清楚。然而我还是得睡一下。星星也要睡，月亮、太阳也要睡，甚至大海在某些没有洋流、一片平静的日子里，有时也会睡。

但要记得睡一下，他想。叫你自己去睡觉，想个简单而确定的办法处理钓线。现在到后面去处理海豚。如果你一定得睡一下，绑船桨来增加阻力的做法就太冒险了。

我可以不用睡，他告诉自己。不过那样也太冒险了。

他开始手脚并用朝船尾爬去，小心不要惊动那鱼。鱼大概也半睡半醒吧，他想。不过我不想让它休息。它得一直拉到死为止。

到了船尾，他转过身，让左手拉住背在肩上的钓线，用右手把刀从刀鞘里抽出。这时星光明亮，他可以清楚地看到那只海豚。他将刀插进海豚的头部，把它从船尾底下拉出来。他一只脚踩着海豚，利落地从肛门到下颚将它剖开。然后他放下刀，用右手清理海豚内脏，掏干净，把鳃也清掉。海豚的胃拿在他手里重重、滑滑的，他将它割开。里面有两尾飞鱼。它们还是新鲜的、硬硬的，他将两尾飞鱼并排放着，把内脏和鳃从船尾丢出去。内脏和鳃沉下去了，在水中显出一道磷光。海豚冷冷的，在星光下显现出灰白的鳞状表面，老人用右脚固定海豚的头，将一边的鱼皮剥下来。接着他把海豚翻过来，剥下另一边的鱼皮，再将每一边的肉从头到尾切下来。

他把剩下的鱼身丢到海里，同时看看水中是否有漩涡。然而只看到它慢慢下沉时的微微反光。他转过身，将两尾飞鱼放进两片鱼肉间，把刀收回刀鞘，努力地慢慢爬回船头。他的背因钓线的重量而弯折着，鱼肉放在他的右手里。

回到船头，他把夹着飞鱼的两片鱼肉放在船板上。之后，他给肩上的钓线换了一个新位置，又用搁在船舷上的左手握住钓线。接着他探出身将飞鱼放进水里去洗，同时注意水打在他手上的速度。他的手因剥鱼皮也发出磷光。水流没那么强劲了，他在船的外板上搓手时，小小的磷光粒子漂起来，慢慢地朝船尾流去。

"它累了，要不然就是它在休息，"老人说，"现在让我吃完海豚，休息一下，睡一下。"

在星光下，夜持续变冷，他吃掉了一半的海豚肉和一尾清了内脏、切掉头的飞鱼。

"海豚肉煮熟了吃多棒，"他说，"而生吃难吃得要命。将来没有带盐或青柠我绝不上船。"

如果我有脑袋的话，应该一整个白天持续把海水泼在船头上，水干了就产生盐了，他想。然而我一直到太阳快落山了才钓到那尾海豚。这还是没有好好准备。不过我把鱼肉都嚼进去了，而且没有想吐。

天空的东边开始起云，他认得的星星一颗颗消失了。现在看起来似乎他正航进一个由云所构成的大峡谷里。风停了。

"三四天内会有糟糕的天气，"他说，"然而不会是今晚，不会是明天。现在想办法睡一下，老家伙，趁那鱼安静且稳定的时候。"

他将钓线紧抓在右手里，然后将右大腿紧靠着右手，把整个身子的重量放在船头的木板上。接着他把钓线在肩上挪低一点，撑在左手上。

只要撑住了，我的右手就能握得住。如果睡着时线松了，左手会让我醒来。右手会很辛苦。不过它已经习惯吃苦了。即使睡二十分钟或半小时都好。他向前蜷曲着，用整个身体承受钓线，再将所有的重量放在右手上，然后睡着了。

他没有梦见狮子，而是梦见了一大群绵延了八或十英里的鼠海豚。正值它们交配的季节，它们高高跳入空中，然后又掉回跳起时在水上制造出来的洞里。

然后梦见他在村子里，躺在自己的床上，吹着北风，他觉得很冷，右臂麻木，因为他的头搁在右手，而不是枕头上。

之后他开始梦见绵长的黄色海滩，他看见狮群中的第一只在暮色中下到海滩，接着其他的狮子也来了，他把下巴搁在船头的木板上，船下了锚停靠着，黄昏的微风从岸上吹来，他等着，看看会不会有更多的狮子出现，他很快乐。

月亮出来好久了，不过他继续睡，那鱼稳定地继续拉，船航进了云所形成的隧道里。

他被右拳跳起来击中脸的急速动作弄醒了，钓线正烧着了一般穿过他的右手。他的左手没感觉，只能尽力用右手阻挡钓线，线一直冲出去。终于他的左手找到钓线了，他向后倾，抗衡钓线的拉力，现在钓线的摩擦烧着他的背和他的左手，左手承受了所有的拉力，被钓线割得很厉害。他回头看钓线卷，它们平顺地放着线。就在这时，那鱼跳出水面，在海中制造了一阵大骚动，然后重重地摔回去。然后，它一次又一次跳出水面，即使钓线不断急急地放着，船还是被拖得快速前进，老人将钓线的张力一次又一次绷到断裂的临界点。他被牢牢地拉住压在船头上，脸埋在切好的海豚肉片上，完全动不了。

这正是我们在等的，他想。所以现在就让我们接受吧。

让它为钓线付出代价。让它付出代价。

他无法抬头看鱼跳出水面，只能听到破浪的声音，还有它跌回时重重的水花溅泼声。钓线抽出去的速度深深割着他的手，不过他一直知道会发生这种情况，他试着让线割过长着厚茧的部位，不让线滑入手掌中或割到指头。

如果男孩在这里，他会把线卷弄湿，他想。是啊。如果男孩在这里。如果男孩在这里。

钓线一直出去、一直出去、一直出去，不过拉出去的速度变慢了，他让鱼每一寸线都得努力拉才能拉出去。这时他将头从木板和被他的脸颊压烂的鱼肉上抬起来。然后他跪了起来，然后他慢慢站了起来。他继续放线，但越放越慢。他努力回到了虽然看不见但能用脚感觉到线卷的地方。仍然有够多钓线，现在那鱼得连带拉着所有新进入水中的线所产生的摩擦力了。

这样就对了，他想。这下子它已经跳了十几次，它背部的鱼鳔充满了空气，也就没办法沉到深海里去死，让我拉不起来。很快地，它就会开始绕圈圈，到时我得处理它。真好奇究竟是什么原因突然刺激了它。会不会是饥饿使它绝望了？还是在黑暗中它被什么东西吓到了？也许它突然觉得害怕了。不过它是一条这么镇定、强壮的鱼，看起来什么都不怕，充满自信。这很奇怪。

"你自己最好什么都不怕，充满自信，老家伙，"他说，"你又掌握住它了，不过你没办法把线拉回来。不过很快地，它得绕圈圈了。"

这时老人用左手和肩膀掌握住那鱼，弯下身舀水在右手，把脸上黏着的海豚肉洗掉。他担心鱼肉让他恶心，一旦吐了就会失去力量。脸干净了，他将右手伸出船沿放进水里，然后让手留在咸水里，看着太阳升起前最早的光线出现。它几乎是朝东了，他想。这意味着它累了，所以顺着洋流游。很快它就得绕圈圈了。那样我们真正的活儿就开始了。

他判断右手在水中放得够久，他把手拿出来，盯着手看。

"还不坏，"他说，"疼痛对一个男人来说不算一回事。"

他小心地握住钓线，避免碰到新割的伤口，然后移动重心，以便能够将左手从小船的另一边放进海中。

"不中用的东西，你表现得不坏，"他对左手说，"但有一阵子我找不到你。"

为什么我不是生来就有两只好用的手？他想。也许那是我的错，没有恰当地训练那一只。但天晓得，它早就有足够的机会学习了。不过，夜里它表现得不坏，到现在只抽筋过一次。要是它再抽筋，就让钓线把它割断算了。

这样想时，他知道自己脑袋不清楚了，他觉得自己应该再嚼几口海豚肉。但我没办法，他告诉自己。宁可脑袋昏昏的，也比因为想吐而失去力量好。自从我的脸跌进了海豚肉里，我就知道我没办法吃得进去。我会把它留到紧急的时候才吃，直到它坏掉为止。然而现在才想通过补充营养来试着增强力量已经太迟。你这个笨蛋，他告诉自己。吃另外那条飞鱼吧。

它就在那里，干干净净地预备好了，他用左手把鱼拎起来，吃了下去，小心地咀嚼鱼刺，把整条鱼从头到尾全吃了下去。

它比绝大部分的鱼都更有营养，他想。至少在提供我需要的力量方面。现在我尽力做到该做的了，他想。让它开始绕圈圈，让战斗来吧。

从他出海以来，太阳第三度升起时，那鱼开始绕圈圈了。

他无法从钓线的斜度看出鱼在绕圈圈。目前还太早。他只是感觉到钓线上的压力微微松了一点点，他开始用右手轻轻地拉。钓线一如往常地绷紧，然而当他施力到线会断掉的程度时，线却开始收进来了。他将肩膀和头从钓线底下钻出来，开始稳定、不疾不徐地收线。他的两手摇摆着，尽可能以整个身体和腿来施力。他的一双老腿和肩膀在拉扯的摇摆中跟着转动。

"这是很大一圈，"他说，"不过它确实在绕圈圈。"

然后钓线无论如何都无法再收进来一点点，他将线握住，直到看见水珠在阳光下从钓线上蹦跳下来。然后钓线开始往外跑，老人跪下来，心不甘情不愿地让线重回到暗黑的水中。

"它现在到了圈子的远端。"他说。我必须尽可能地握住，他想。拉力会使得它的每一圈越来越小。或许一个小时以内我就可以看见它。我现在得折服它，然后我就得杀了它。

不过那鱼继续慢慢地绕圈圈，两小时后，老人全身汗湿，累到骨头里了。不过这时圈子小多了，从钓线的斜度可以看得出来，那鱼一边游一边逐渐浮了上来。

有一个小时，老人眼前持续出现黑点，汗水咸咸地蜇着眼睛，蜇着他眼睛下方和额头上的伤口。他不担心眼睛里的黑点。那么用力拉线本来就会出现黑点。然而有两次，他觉得晕眩、快要昏倒，这让他担心。

"我可不能辜负了自己，这样死在一条鱼身上，"他说，"现在我已经漂亮地让它过来了，天主帮我挺住。我会念一百遍《天主经》、一百遍《圣母经》，只是我现在没法念。"

就当作已经念过了吧，他想。我晚一点会念。

就在此时他感觉到一阵突然的碰撞与拉扯从他用两手握住的钓线上传来。尖锐、坚硬、沉重。

它正在用它长矛般的嘴击打铁丝导线，他想。那是必定会发生的。它非得这样做不可。不过这样可能会使得它跳出水面，我宁可它保持绕圈圈。它需要跳出水面获得空气。然而每跳一次就会让钩子钩出来的伤口变大，它就有可能脱钩。

"别跳，鱼，"他说，"别跳。"

那鱼又打了铁丝好几次，每次它摆头，老人就放掉一点线。

我不能让它的痛苦增加，他想。我的痛苦无所谓。我可以控制。但它的痛苦会把它搞疯掉。

过了一会儿，那鱼不再击打铁丝了，又开始慢慢绕圈圈。老人现在持续收线。不过他又感到晕眩。他用左手舀了一点海水泼在头上。接着又多舀了一些，并且搓揉他的颈背。

"我没有抽筋，"他说，"它就快上来了，我撑得住。你得撑住。连说都不要说。"

他靠着船头跪下来，暂时又把钓线背在背上。现在当它绕向外面时我要休息一下，然后等它靠过来，我就站起来对付他，他决定。

在船头休息是个极大的诱惑，让那鱼自己绕圈圈，不要收线。然而当钓线的张力显示那鱼转了个弯朝船游来时，老人站起来，开始旋转迂回的拉扯，将线尽量收回来。

我从来没这么累过，他想，现在信风正在吹起。但有风也好，可以帮我把它带回去。我还真需要这风。

"下回它绕向外面时我就休息，"他说，"我觉得好多了。再转两三次我就抓到它了。"

他的草帽被推到后脑勺上，他在船头坐下，凭拉着的钓线感受鱼的转弯。

现在该你干活儿了，鱼，他想。再转过来时，我就要抓到你了。

海浪变大了许多。不过这是好天气带来的风，他需要这样的风才有办法回家。

"我就朝着南方和西方航行，"他说，"男人不会在海上迷路，何况那是座长长的岛屿。"

是在第三圈的时候，他第一次看到那鱼。

他首先看到一片花了很长时间才从船底下通过的暗影，他简直无法相信它会有那么长。

"不，"他说，"它不可能有那么大。"

但它就是那么大，绕完这圈它在仅仅三十码外浮了上来，老人看到它的尾巴出水，比长柄大镰刀的刀刃还要高，一道很浅的紫色，立于暗黑的水面上方。鱼尾斜耙回水中，而随着那鱼就在水下游动，老人可以看到它巨大的身躯，以及像绑在它身上的紫色条纹。它的背鳍垂着，巨大的胸鳍则大大张开。

在这圈，老人看见了那鱼的眼睛，以及绕着它游的两尾灰色的幼鱼。有时它们紧靠着它。有时它们猛冲着离开。有时它们轻松地在它的阴影下游着。它们每尾都超过三英尺长，当它们快游时，整个身体会像鳗鱼般急速甩动。

此时老人流着汗，但不只是被太阳晒的。每次那鱼平静沉稳地转个弯，他就多收回一点线，确信再有两圈他就有机会把鱼叉叉进鱼的身体。

但我得让它靠近、靠近、再靠近，他想。我绝对不能试着叉它的头，一定要叉到心脏。

"要冷静，要强壮，老家伙。"他说。

下一圈，那鱼的背浮出来了，不过离船有点远。再下一圈，它仍然有点远，不过露出水面更多了，老人确信再多收点线，就能将鱼拉到船边来。

他早就把鱼叉准备好，鱼叉上的细绳卷好放在一个圆形篮子里，绳尾牢牢绑在船头的系柱上。

这时那鱼绕着圈圈靠过来，外表平静又美丽，只有巨大的尾巴在动。老人尽全力拉钓线，把它拉过来。一度那鱼朝他这边侧过来一点。然后它挺直了身子，继续下一圈。

"我掀动它了，"老人说，"刚刚我掀动它了。"

他又觉得晕眩，但他用了一切力量拉住那尾大鱼。我掀动它了，他想。也许这次我可以把它拉过来。拉吧，手，他想。撑住啊，腿。最后为了我，头，最后为了我，你可千万别昏过去。这次，我会把它拉过来。

然而当他费尽一切努力，在鱼来到船侧之前刚开始尽力拉，鱼歪了一半过来，但马上又恢复平稳地游开了。

"鱼，"老人说，"鱼，你总是得死的。你要把我也一起搞死吗？"

用这种方法不会有任何效果，他想。他嘴巴干到无法说话，却没办法在这时去拿水。这次我一定要让它到船侧来，他想。我可没办法再多撑几圈了。是的，你可以，他告诉自己。你可以永远撑下去。

接下来的一圈，他差点就捕到它了。然而再一次，那鱼恢复了平稳，慢慢游走了。

你要我的命啊，鱼，老人想。不过你有权这么做。我从来没见过比你更了不起，或更漂亮，或更平静，或更高贵的东西了，兄弟。来吧，杀了我。我不在乎谁杀死谁。

这下子你脑袋打结了，他想。你必须保持头脑清楚。保持头脑清楚，明白如何像个男人一样忍耐痛苦。或者像条鱼，他想。

"清醒过来，头，"他用自己几乎听不见的声音说，"清醒过来。"

之后的两圈还是同样的情形。

我不晓得了，老人想。每次他都觉得自己要晕倒了。我不晓得了。不过我会再试一次。

他又试了一次，当他掀转那鱼时，他觉得自己要晕倒了。那鱼恢复平稳，再度慢慢地游走，巨大的尾巴在空中挥摆着。

我会再试，老人承诺，尽管他的手这时已经血肉模糊，而且他只能间断地看清楚眼前的景象。

他又试了，还是一样。所以，他想，他觉得自己还没开始拉就要晕倒了；我会再试一次。

他把所有的痛苦、仅剩的力气和早已逝去的自豪通通加在一起拿来对抗那鱼的临死挣扎，那鱼到他旁边来了，在他旁边徐缓地游着，尖吻几乎碰触到船板。它开始越过小船，又长、又深、又宽，银色中带着紫色条纹，在水中无止休地游着。

老人放下了钓线，用脚踩着，将鱼叉尽量举高，用尽全力往下刺，再加一点刚刚才召唤出来的力量，将鱼叉刺进那鱼的侧边，在空中升至和老人胸部一般高的大胸鳍下方的部位。他感觉到铁叉刺进去了，整个人靠上去，刺得更深些，以全身的重量推着那鱼叉。

此刻那鱼带着身体里的死亡活过来了，高高跃出水面，显现出它那非凡的长度、宽度，以及它所有的力与美。它仿佛悬在老人与小船的上空。然后它跌入水中，冲撞使水花溅起来，覆盖了老人，覆盖了小船。

老人觉得昏眩、恶心，无法看清楚。但他还是清理了鱼叉上的绳子，让绳子从脱了皮的手中慢慢滑出去，当他能看清楚时，他看到那鱼背朝下、银色的肚子朝上翻躺着。鱼叉的木杆在鱼的肩上形成一个角度突伸出来，海水被从鱼心脏流出的血染色了。血先是浓黑得像蓝色海水中一大片超过一英里深的暗礁，接着像云一般散开。那鱼闪着银光，一动不动地在波浪间漂浮。

老人用他拥有的短暂清晰的视力端详着。然后他将鱼叉线在船头的系柱上绕了两圈，将头埋在两手中。

"保持头脑清楚，"他靠着船头木板上说，"我是个累坏了的老人。但我毕竟杀了这条鱼，我的兄弟，现在我还得干苦活。"

现在我得准备绳圈和绳子把它绑在船边，他想。就算这里有两个人，把船下沉到装上它，然后把水舀出去，这条小船也载不动它。我得把所有东西准备好，把它拉过来，把它绑好，立起船桅扬帆回航。

他开始将鱼拉过来，让它靠着船，以便用绳子从鱼鳃穿进去、从鱼嘴穿出来，将它的头牢牢绑在船头边。我想看着它，他想，摸摸它、感觉它。它是我的财富，他想。但这不是我想感觉它的原因。我想我感觉到了它的心，他想，当我第二次猛推鱼叉柄的时候。现在把它拉过来吧，绑紧，套一个绳圈在它尾巴上，再套一个绳圈在它身体中段，把它和小船绑在一起。

"干活吧，老家伙。"他说。他喝了很小一口水。"战斗结束了，就要干很多苦活。"

他往上看看天空，然后又往外看看他的鱼。他仔细地望着太阳。正午才刚过没多久，他想。信风正在吹起。钓线现在没有任何意义了。回家之后男孩和我会把线头接起来。

"来吧，鱼。"他说。不过鱼没有来。相反，此时它躺在海里颠簸起伏，老人将船拉过去靠近它。

他和鱼并齐了，让鱼头靠着船头，他无法相信这鱼那么大。不过他还是将鱼叉的绳子从系柱上松开，将它穿过鱼鳃，从它的口里出来，绕着它的剑形尖吻一圈，再从另一边鱼鳃穿过去，在尖吻上再绕一圈，打了个双结，将绳子紧紧绑在系柱上。他切断绳子，到船尾去绑鱼尾。那鱼从原来的紫银色变成了银色，条纹显现出和鱼尾一样的浅紫色。它的条纹比一只五指张开的手都还要宽。鱼眼看起来像潜望镜上的镜子或游行里的圣像一般漠然。

"那是唯一能杀死它的办法。"老人说。喝了水后他觉得好些了，他知道自己不会昏倒，脑袋也变清楚了。看起来它有超过一千五百磅，他想。搞不好还远不止。如果把三分之二的鱼肉切下来，一磅三毛钱，可以卖多少钱？

"我需要拿铅笔来算，"他说，"我的脑袋没那么清楚。不过我想伟大的迪马吉奥今天应该会以我为荣。我没有骨刺。不过手和背都真的很痛。"我好奇骨刺到底是什么，他想。也许我们身上有，我们却不知道。

他把鱼绑紧在船头、船尾及中间船座的位置上。它那么大，大到像是在小船边系了另一艘更大的船。他切了一段钓线，将鱼的下颌跟尖吻绑在一起，这样它的嘴巴就不会张开，然后他们可以尽可能干净利落地航行。接着他竖起了船桅，钓杆当斜桁，和下桁一起装配上，张起有补丁的帆，船开始动了，他半躺在船尾，航向西南方。

无需指南针来告诉他哪边是西南。只要感觉一下信风以及船帆受风的情况就够了。我最好放一条小钓线，绑上匙状假饵，试着弄点东西来吃，同时吸收些水分。但他找不到假饵，他的沙丁鱼又已经臭掉了。所以他在经过黄色马尾藻时用鱼钩钩了一堆黄色的马尾藻，摇一摇，将藏在里面的小虾摇落到船板上。有超过一打的小虾，像沙蚤般跳着、踢着。老人用拇指和食指把虾头捏掉，连壳带尾嚼了吃。虾很小，不过他知道它们很有营养，而且蛮好吃的。

老人还有两口水在瓶子里。吃完虾后，他喝掉了半口。在不利的情况下，船还算航行得挺顺利的，他把舵柄夹在腋下操控着船。他可以看得见那鱼，只要看看自己的手，感觉一下背靠在船尾，就能够知道这不是梦，是真实发生的事。一度事情接近结束时，他觉得极度不舒服，以为或许这一切是个梦。然后他看到那鱼跃出水面，静止地悬在空中，直到掉下来，他确定这里有某种了不起的神奇，他不敢相信。

然后他眼前一片模糊，尽管现在他看得再清楚不过了。现在他明白鱼就在那里，还有他的手和他的背，这不是梦。双手很快就会好，他想。我让血流干净，海水会治疗它们。真正的海湾里的暗色海水，是最好的药。我需要做的就是保持头脑清醒。双手完成了它们的工作，而且我们航行顺利。它的嘴巴紧闭，它的尾巴直立，我们像一对兄弟一起航行。接着他的脑袋变得有点不清楚了，他想：是我在带它回去，还是它在带我回去？要是我把它拖在船后面，那就没有问题。要是鱼在船上，失去了它所有的尊严，那也不会有问题。但现在他们并肩绑在一起航行着，老人想，要是它喜欢，就让它把我带回去吧。我只是靠狡猾伎俩才占了上风，而它从没有要伤害我。

他们航行顺利，老人将他的手浸在海水里并试图让自己的头脑保持清醒。天空上有高层积云，积云上还有足够多的层卷云，老人知道轻风会持续整夜。老人经常看着那鱼来确认这件事是真的。那是距离第一尾鲨鱼攻击他的前一个小时。

鲨鱼会来并不意外。当血云沉入一英里深的海中并在那里散开时，它从水中深处上来了。它上来得如此快速，全无一点警戒，直接划破蓝色水面，曝显在阳光下。然后它沉回海里，拾起血腥气味，开始跟随小船和那鱼的路线游着。

有时它失去了气味的引导。但它会再次拾回，即便只是一点点气味的痕迹，然后快速而努力地尾随。它是一尾很大的灰鲭鲨，具备能跟海中最快的鱼游得一样快的体格，除了大嘴之外，它身上的每个部位都很美。背和剑鱼一样蓝，腹部是银色，皮平滑而漂亮。它长得像一尾剑鱼，除了此时快速游水时那紧闭着的大嘴。它紧贴着水面，背鳍高高像刀一样不颤不抖将水切开。在它闭着的双层嘴唇里，全部八排牙齿都向内倾斜。那可不是大部分鲨鱼会有的那种寻常的金字塔型牙齿。它们长得像人的五指弯曲成爪状。它们跟老人的手指差不多长，两侧的边缘都跟剃刀一般锐利。这鱼是生来在海中以其他鱼为食，那么快、那么壮，又具备那么好的武装，在水中无可匹敌。现在它闻到了更新鲜的血气，加速赶上，蓝背鳍切开海水。

老人看到它靠近，就知道这是什么都不怕、为所欲为的鲨鱼。他准备好鱼叉，把绳子拉紧，盯着鲨鱼过来。绳子很短，因为少了他切去绑鱼的一大段。

此刻老人的头脑清醒、运转良好，心中充满了决心，不过他没有什么希望。太好的事不会持久，他想。观察鲨鱼靠近时，他看了那大鱼一眼。这很像一场梦，他想。我无法阻止它攻击我，但也许我可以抓到它。灰鲭鲨[1]，去你妈。

1　原文为西班牙语 dentuso，意为"牙齿锋利的"，是当地对灰鲭鲨的俗称。

鲨鱼快速靠近船尾，当它咬住那鱼时，老人看见它张开的嘴巴，看到它奇怪的眼睛，看到它向前在那鱼尾巴上来一点的地方用牙齿一合劈下一块肉来。鲨鱼的头露在水面上，背正要浮出来，老人听得到那鱼皮肉撕裂的声音，这时他将鱼叉猛刺进鲨鱼头上的一点——双眼连成的线和鼻子直直往后划出的线交叉的那个点。那样的线并不存在。只有又重又尖的蓝色鱼头，大眼睛，以及开合着、猛推着、把所有东西都吞下去的大嘴。不过那一点就是鱼脑所在的位置，老人刺中了。他用他血肉模糊的手尽全力将一支好鱼叉刺进去。他不带希望，只带着决心和满满的敌意刺中了它。

鲨鱼翻了过去，老人看得出它的眼睛没有生命了，然后它又翻了一次，把自己在绳子里绕了两圈。老人知道鲨鱼死了，但鲨鱼自己还无法接受这个事实。然后，它朝天躺着，尾巴拍打着，嘴喀喀动着，像快艇一般将水面犁开。在它的尾巴拍打之处，水是白的，它的身体有四分之三全露在水面上，绕着它的绳子变紧，颤抖着，然后断掉了。鲨鱼在水面上静静地躺了一会儿，老人盯着它看。然后它很慢很慢地往下沉。

"它咬下了差不多四十磅肉。"老人抬声说。它还带走了我的鱼叉和所有的绳子，他想，而且这下子我的鱼又流血了，还会引来其他的鲨鱼。

他不想再看那鱼，因为它被毁伤了。那鱼被攻击，简直就像他自己被攻击一般。

不过我杀了那尾攻击我的鱼的鲨鱼。而且它还是我看到过的最大的灰鲭鲨。老天知道我看到过真正大尾的。

太好的事不会持久，他想。我现在宁可这是场梦，宁可我从来没钓到那鱼，我还一个人在床上看报纸。

"不过人不是生来要被打败的，"他说，"人可以被摧毁，但不能被打败。"可我很难过我杀了那鱼，他想。现在糟糕的时刻来了，我手上甚至连鱼叉都没有。灰鲭鲨很残酷、很有本事、很强壮，也很聪明。不过我比它更聪明。也许没有，他想。也许我只是有比较好的配备而已。

"别想了，老家伙，"他抬声说，"照着这个方向航行下去，该来的就让它来。"

但我不能不想，他想。因为这是我仅剩的了。这个和棒球。我好奇伟大的迪马吉奥对于我一举击中鲨鱼的脑部作何感想。那没什么了不起的，他想。任何人都做得到。不过你觉得我的手跟骨刺一样惨吗？我没办法知道。我的脚踝从来不曾有过任何毛病，除了有一次游泳时在水中踏到海鳐鱼，被刺了一下，小腿麻痹，而且痛得受不了。

"想点快乐的事吧，老家伙，"他说，"现在你每分钟都更接近家一点。失去了四十磅，你就能航行得更轻快些。"

他很明白到达湾流内圈时，事情会以什么样的形式发生。不过现在什么都做不了。

"不，有的，"他抬声说，"我可以把我的刀绑在一只船桨上。"

于是他就这样做了，将舵柄夹在腋下，用脚控制船帆，一边把刀绑在船桨上。

"这下子，"他说，"我还是个老人。但我手上不是没有武器。"

现在风变凉了，他顺利地航行。他只看那鱼的前半部，有几分希望又回来了。

失去希望是愚蠢的，他想。而且我还认为这是桩罪。别去想罪，他想。现在问题已足够多，罪是多余的。况且我并不了解罪。

我并不了解罪，也不确定自己是否相信罪。也许杀了那鱼是一桩罪。即使我这样做是为了让自己活着，并喂养许多人。不过，做什么事都是罪。别再想罪了。现在想罪太迟，而且有些人是专门领钱负责思考罪的。让他们去想就好了。你生来是个渔人，就像鱼生来是鱼。圣彼得是个渔人，伟大的迪马吉奥的爸爸也是。

不过他很喜欢思考跟自己有关的所有事，因为没什么可读的，也没有收音机，所以他想很多，他继续思考罪。你不只是为了让自己活着和卖鱼肉所以杀了那鱼，他想。你是为了自己的尊严而杀死它的，因为你是个渔人。它活着时你爱它，它死了你还爱它。如果你爱它，那么杀它就不会是罪。还是说，因此更是罪？

"你想太多了，老家伙。"他抬声说。

不过杀灰鲭鲨让你很爽，他想。它跟你一样靠活鱼维生。它不吃腐肉，也不像有些鲨鱼随便有得吃就吃，它很漂亮、很高贵，而且完全不知害怕。

"我为了自卫而杀了它，"老人抬声说，"而且我杀得好。"

而且，他想，所有东西都以某种方式杀来杀去。捕鱼让我活下去，却也同时在杀我。是那男孩让我活了下来，他想。我不应该过度自欺。

他探身出去，从鱼身上被鲨鱼咬的部位撕下一块肉。咀嚼时他感觉到了肉的质地与美味。坚实、多汁，像肉，

266

但不是红肉。肉里面没有筋，他知道这在市场上可以卖出最好的价钱。不过没有任何方法可以让肉的味道不在水中扩散，老人晓得很糟的时刻正在到来。

风很稳定，朝东北方转了点，他知道这意味着风不会停歇。老人向前看，看不到船帆，看不到船体，也看不到任何其他船冒出的烟。只有飞鱼从他的船头朝两边飞起，以及一块块的黄色马尾藻。甚至连一只鸟都看不到。

他航行了两小时，靠在船尾休息，偶尔咬一点马林鱼身上的肉，试图让自己休息、保持强壮，这时他看到了两尾鲨鱼中的第一尾。

"唉。"他抬声念道。这个字无法翻译，或许就像一个人感觉到钉子穿过他的手进入木头时，不由自主发出的声音。

"星鲨[1]。"他抬声说。他看到第二只鲨鳍接在第一只后面靠过来，从褐色三角形的鲨鳍及鲨尾的快速运动可以判断出它们是那种扁嘴的鲨鱼。它们被气味刺激得兴奋了，在饿昏头了的状况下，它们时而追到时而又丢失气味的踪迹。不过它们一直在靠近。

---

1 原文为西班牙语。

老人将风帆的绳子绑紧，舵柄也固定住，然后拿起带小刀的船桨。他只能尽量轻举，因为手痛得不太听使唤。然后他将手轻轻地张开、握起，想办法使之放松。接着他一边看着鲨鱼靠近，一边将手握紧，这时手就能够承受疼痛而不会退缩了。现在看得见它们又宽又平的铲形头，以及尖端呈白色的宽大胸鳍了。它们是那种讨人厌的鲨鱼，带着臭味，会杀生却也会捡食腐肉，当它们很饿时，连船桨或船舵都会咬。就是这种鲨鱼会趁海龟在水面睡觉时咬掉它们的腿和鳍足，也就是这种鲨鱼饥饿时会在水中攻击人，即使那人身上没有任何鱼血或鱼黏液的气味。

"唉，"老人说，"星鲨。来吧，星鲨。"

它们来了。但它们不是以灰鲭鲨那种方式靠过来。其中一条转了个弯消失在小船底下，当它啃咬、拉扯那鱼时，老人可以感觉到小船在摇晃。另一条用它狭长的黄眼看着老人，然后快速靠近，用它大张的半圆形嘴巴侵袭那鱼之前被咬过的地方。那条从它的褐色头顶延伸到后面的线，清楚显示了脑部和脊椎的接合之处，老人将绑在船桨上的小刀刺进那一点，拔出来，再刺进鲨鱼像猫一般的黄眼里。鲨鱼放开了鱼，滑下去，吞下它咬到的肉死去了。

小船还在继续随着另一条鲨鱼咬鱼的动作而摇晃。老人松开风帆让小船横荡开，露出底下的鲨鱼。看见了鲨鱼，他就探身打它。只打到了肉，鱼皮很硬，小刀没怎么刺进去。这一击却使得他不只是手，连肩膀都痛起来。不过鲨鱼很快又露出头来，当鲨鱼鼻浮出水面靠近鱼时，老人扎扎实实地刺中它扁头的正中间。老人将刀拔出来，再用拳猛击鲨鱼的同一个地方。它仍然紧咬着鱼，挂在鱼身上，老人又刺了它的左眼。鲨鱼还是挂在那里。

"还不放？"老人说。他将刀子刺进它的脊椎和大脑之间。现在很容易刺了，他可以感觉到那里的软骨被撕裂了。老人抽回船桨，把刀子放进鲨鱼的上下颚间，把它的嘴巴打开。他扭转刀子，鲨鱼松开嘴滑落了，他说："去吧，星鲨，往下滑个一英里深吧。去找你的朋友，或许那是你妈妈。"

老人擦干净刀子，放下船桨。然后他找到了风帆绳，帆灌满风，他让小船重回航道上。

"它们八成咬下了四分之一的肉，而且是最好的肉，"他抬声说，"真希望这是个梦，而我从来不曾钓到它。我很抱歉，鱼。一切都被弄得乱七八糟了。"他停了下来，现在不想看那鱼了。血流干又被洗掉，鱼看起来是镜子背面的银色，它的条纹仍然显现着。

"我实在不该跑到这么远来，鱼，"他说，"对你对我都不好，对不起，鱼。"

现在，他对自己说，查看绑刀子的绳子有没有断开。然后让手恢复，因为还有事要来。

"真希望有一块可以磨刀的石头，"老人检查了绑在桨上的绳子后说，"我应该带一块石头来的。"你应该带的东西还真多，他想。但你没有带，老家伙。现在没有时间去想你没有的东西了。想想你可以用手上有的做些什么。

"你还真是给了很多好意见啊，"他抬声说，"我听烦了。"

他把舵柄夹在腋下，船向前走时，他将双手浸在水里。

"天晓得最后那只咬走了多少，"他说，"船现在轻多了。"他不愿去想那鱼被摧残的肚子。他知道鲨鱼每撞一下，就是一大块肉被撕走，这下子那鱼留下的气味像是在海上开辟了一条让所有鲨鱼都能跟来的公路。

这是一条足够让一个人过冬的鱼，他想。别想那个。就休息，想办法让你的手复原来保护它剩下的部分。那么多味道在水中扩散，我手上的血腥味不算什么了。而且它们没有流太多血。没有任何严重的伤口。流血或许还能让左手不抽筋。

我现在能想什么？他想。什么都没有。我什么都不能想，得等着接着要来的。我希望这真的是一场梦，他想。但谁知道呢？说不定可以有好结果。

接下来是单独的一条铲鼻鲨。它看起来像一只走向饲料槽的猪，如果猪有可以把你的头放进去的大嘴巴的话。老人让它攻击那鱼，然后把桨上绑的刀刺进它的脑中。但那条鲨鱼翻滚时突然向后一扭，刀子折断了。

老人让自己定下来掌舵。他甚至没有去看那只大鲨鱼慢慢沉入水中，刚开始很大，然后变小，之后变得更小。这种景象总是让老人着迷。但这回他连看都没看。

"我现在还有鱼钩，"他说，"但那没什么用。我有两支桨、舵柄和短棒。"

这下它们把我打败了，他想。我老到没办法用棒子打死鲨鱼了。但只要我还有船桨、短棒和舵柄，我就还会试试看。

他又将手放进水里泡着。下午的天色渐晚，他眼中只看得到海和天。空中的风比之前更大了，他希望很快就能看见陆地。

"你累了，老家伙，"他说，"你累到骨子里了。"

鲨鱼到落日之前才再度攻击。

老人看见褐色的鱼鳍沿着那鱼在水中开出的路游过来。它们甚至没有逡巡寻找气味，并排着直接朝小船游来。

他固定了舵柄，绑牢了帆索，探到船尾拿出木棒来。那是从一支断掉的木桨锯下的桨柄，大约有两英尺半长。因为柄的形状，只有用单手握住才能有效运用，他让右手牢牢握好，一边看着鲨鱼游过来，一边将手一松一紧地活动。来的两条都是星鲨。

我得让第一条结实地咬住，然后打在它的鼻间，或它头顶的正中央，他想。

两条鲨鱼一起靠过来，当他看见比较近的那只张开嘴咬入鱼银色的那边时，他高高举起木棒，重重地捶下，打在鲨鱼宽宽的头上。他可以感觉到木棒打下来时碰到橡皮般坚实的质地。然而他也感觉到骨头的硬度，鲨鱼从鱼那儿往下沉时，他又在鲨鱼的鼻头上重重打了一下。

另一条鲨鱼进进出出，这会儿又张着大嘴过来了。鲨鱼撞击那鱼，合拢嘴时，老人可以从鲨鱼的嘴角看到鱼的白色肉块满溢出来。他挥棒打它，只打到了头，那鲨鱼看了他一眼，把肉扯走。它游开去吞肉时，老人又将木棒挥下，感觉只打到了厚厚的坚实的橡皮。

"来吧，星鲨，"老人说，"再靠过来吧。"

那鲨鱼急急冲过来，它闭上嘴时老人打中了它，从他能举到的最高的高度结结实实地打下来。这回他感觉到了鲨鱼脑底下的骨头，当鲨鱼迟钝地撕走鱼肉并从鱼那儿往下滑时，他在同一个地方再打了一次。

老人盯着等它再来，不过两条鲨鱼都没再出现。然后他看到一条在水面绕着圈圈游。他没看到另一条的鱼鳍。

我没办法这样就打死它们，他想。年轻的时候我做得到。不过我把它们两条都打得蛮惨的，它们都会很不舒服吧。如果我有可以用双手握住的球棒，我肯定已经打死第一条鲨鱼了。即使是现在的年纪，他想。

他不想看那鱼。他知道它的身体有一半已毁。在他和鲨鱼搏斗过程中，太阳下山了。

"马上就天黑了，"他说，"然后我就能看得见哈瓦那的亮光。如果我的方向太偏东我会看到其中一个新海滩的灯火。"

我现在离岸不会太远了，他想。但愿没有人太为我担心。当然，只有男孩可能会担心。不过我确定他对我有信心。很多老渔人会担心。还有很多其他人也会，他想。我住在一个善良的镇上。

他没办法再跟鱼说话了，因为那鱼已被毁坏得太厉害。然后，他想起了些别的事。

"半条鱼，"他说，"你曾经是一条鱼。很抱歉我跑太远了。把我们两个都毁了。不过我们，你和我，杀了很多条鲨鱼，还摧毁了其他很多条。你杀过多少条鲨鱼，老鱼？你头上的长矛不会是白长的。"

他喜欢想着那鱼，想着当它自由地泅泳时，可以怎样对付鲨鱼。我应该把它的尖吻切下来，拿来对抗鲨鱼，他想。但我手上既没有小斧头，也没有刀。

如果我能办得到，将它的尖吻绑在木桨柄上，那会是多么棒的武器！那样我们就能够一起对抗鲨鱼。现在要是它们在夜里过来，你能做什么？你能怎么办？

"和它们战斗，"他说，"我会和它们对抗到死。"

现在天已经黑了，看不到任何亮光，没有任何灯火，只有风以及帆上稳定的拉力，他觉得自己说不定已经死了。他将两手合拢，感觉一下双掌。它们没有死，只要开合手掌就会带来活着的痛苦。他将背靠在船尾，知道自己没死。他的肩膀告诉他他没死。

我还有当时承诺若是捕到鱼就要念的祈祷文呢，他想。不过我现在太累，真的没办法念。我最好把布袋拿过来盖在肩膀上。

他躺在船尾，掌着舵，寻找天空中出现的亮光。我还有它的一半，他想。也许我够幸运可以把它的前半截带回去。我应该有点运气。不，他说。当你跑出去太远时，就已经冒犯到你的运气了。

"别傻了，"他抬声说，"保持清醒，好好掌舵。你可能还有不少运气。"

"如果有地方在卖运气，我很愿意买些来。"他说。

我拿什么来买呢？他问自己。我能够拿掉了的鱼叉、断了的刀和两只坏了的手来买吗？

"你可以，"他说，"试着拿海上的八十四天来买。他们不就几乎卖给你了。"

我不能胡思乱想，他想。运气会以各种不同的形式出现，谁能辨识她呢？不过我愿意接受一点任何形式的运气，付他们要求的任何价钱。真希望我能看见灯火的亮光，他想。我想要太多东西了。但那是我现在想要的东西。他试着更舒服地掌舵，从自己的痛苦里他知道自己没有死。

应该是夜里十点左右，他看见了城市灯火反射的亮光。刚开始，它们只能被感受到，像月亮刚要升起前的天光。继而它们被持续地看到穿过因增强的风而颠簸起浪的海洋。他让船航进亮光中，他想，很快就会碰到洋流的边缘了。

这下结束了，他想。它们可能会再来攻击我。但一个手无寸铁的老人在黑暗中能怎么样？

现在他全身僵直酸痛，夜寒使得身上的伤口和扭到的部分都痛起来。我希望我不必再战斗了，他想。我多么希望我不必再战斗了。

然而在午夜之前他又战斗了，而这次他知道战斗是没有用的。它们成群而来，他只能看到它们的鱼鳍在水中制造出的线条，以及它们扑上那鱼时发出的磷光。他用木棒敲鲨鱼的头，听见鲨鱼嘴撕开鱼肉的声音，小船因它们在底下抓咬而震动着。他拼命地用木棒猛敲那只能用感觉、用听力去找寻的目标，然后他感觉到有什么东西抓住了木棒，木棒就掉了。

他将舵柄从船舵上急拉出来，用舵柄又打又砍，以两手握着，一次又一次挥下。不过它们现在急驱到船头，一条接着一条麇集着，撕去在水下发光的一片片鱼肉。

终于，一条鲨鱼袭向鱼头，他知道一切都结束了。他挥击舵柄，打在那条因撕不开坚硬的鱼头而把嘴巴卡住了的鲨鱼头上。他挥一次、挥两次，再挥、再挥。他听到舵柄断掉的声音，他拿断柄戳向鲨鱼。他感觉到断柄刺了进去，知道断处很尖，他又刺了一次。鲨鱼松嘴翻滚着离开了。那是前来的这群鲨鱼中的最后一条。没有东西可以再给它们吃了。

老人这时几乎无法呼吸，他感觉到口中有奇怪的味道。带着铜腥味，却又甜甜的，他担心了一阵子。不过还好没有很严重。

他将口中的血吐进海里，说："吃这个，星鲨，然后去做梦，梦见你杀了一个人。"

他知道自己现在终于被打败。没有其他办法的情况下，他回到船尾，发现破损的舵柄还能插回船舵，让他可以掌舵。他把布袋在肩膀上铺好，让船回到航道上。现在船很轻了，他什么都不想，什么感觉都没有。他已经超越一切，他尽可能好好地、理智地将小船驶回家乡的港口。夜里，还有鲨鱼来攻击鱼尸，像是有人会在桌上捡拾残屑般。老人没理它们，除了掌舵，他什么都不理。他只注意到因为旁边没有了重物，小船这时航行得多轻松、多顺利。

它很棒，他想。它很坚实，除了舵柄之外没有任何损害。舵柄很容易换的。

他可以感觉到自己航进湾流里了，看得见沿岸海滩上聚落的灯光了。他现在知道自己在哪里了，回家是轻而易举的事。

无论如何，风是我们的朋友，他想。然后他加了一句——有时候。还有伟大的海，那里有我们的朋友，也有我们的敌人。还有床，他想。床是我的朋友。光是床，他想。床会是个极好的东西。被打败很容易，他想。我从来不知道这么容易。什么东西打败了你？他想。

"没什么东西，"他抬声说，"只是我跑太远了。"

当他航进小港时，露台酒店的灯已熄，他知道大家都睡了。风越来越大，现在刮得很厉害了。然而港内很安静，他把船驶上大石下的碎砾滩。没有人帮忙的情况下，他只能让船尽量上岸。然后他从船里走出来，将船系在大石上。

他把桅杆拔下来，把船帆卷起来绑好。然后扛起桅杆开始往上爬。这个时候他明白了自己的疲倦有多深。他停了一下，回头从街灯的反射中看到那鱼的尾巴在小船后面高高翘着。他看到它脊骨白色光裸的线条，尖吻前凸的头部的一团黑，以及这两者之间的空空荡荡。

他又开始往上爬，爬到顶时他跌了一跤，桅杆压着他的肩膀，他躺了一阵子。他试着站起来。但那真的太困难了。他坐在那里，扛着桅杆，盯着路看。远处有一只猫自顾自走过,老人看着它。然后他就只是看着路。

终于他将桅杆放下,站了起来。他再次把桅杆抬起来放在肩上,沿着路往上走。他中间必须坐下来休息五次,才到得了小屋。

进了小屋,将桅杆靠墙放下。在黑暗中,找到一水瓶,喝了一口水。然后在床上躺下。拉过毯子盖住肩膀,然后盖住背和腿,压着床上的报纸趴着睡,两臂直伸,两只手掌向上打开。

早上,那男孩探头进门来时,他还在睡觉。风太强了,没有动力的船无法出海,所以男孩睡晚了,起床之后就依照每天早上的习惯,到老人的小屋来看看。男孩看到老人正常呼吸,然后看到老人的手,他哭了起来。他很安静地走出小屋,去弄些咖啡,一路上他的哭不止。

很多渔人围绕着老人的小船,看着绑在小船边的东西。一个渔人将裤脚卷了起来,下到水中,用线测量鱼骨的长度。

男孩没有过去。他之前就去过了,一个渔人在那里替他照看着小船。

"他怎么样?"一个渔人喊着。

"在睡觉。"男孩大声回答。他不在乎人家看到他正在哭。"别让任何人打扰他。"

"从鱼鼻到鱼尾一共十八英尺长。"正在测量的渔人大声说。

"我相信。"男孩说。

他进入露台酒店，要了一罐咖啡。

"热的，加很多牛奶和糖。"

"还要别的吗？"

"不用。之后我再看看他能吃什么。"

"好一条大鱼，"老板说，"从未有过这样的鱼。你昨天也抓到了两条不错的鱼。"

"去他妈的我的鱼。"男孩说，接着他又哭了起来。

"你要喝什么吗？"老板问。

"不要，"男孩说，"跟他们说别去烦圣地亚哥。我等一下会回来。"

"告诉他我有多遗憾。"

"谢谢。"男孩说。

男孩拿着热咖啡罐走回老人的小屋，坐在他身边直到他醒来。一度他看起来好像要醒了，不过他又沉睡过去，男孩走到对街去借了些柴来热咖啡。

终于老人醒了。

"别坐起来，"男孩说，"把这个喝下去。"他将一些咖啡倒进玻璃杯里。

老人把杯子接过去，喝了。

"它们把我打败了，马诺林，"他说，"它们真的把我打败了。"

"它没有把你打败。那鱼没有。"

"没有，的确。是后来发生的事。"

"佩德里科在照看小船和工具。你打算怎样处理那鱼头？"

"让佩德里科把它切开来，用到捕鱼笼里。"

"那矛[1]呢？"

"如果你要，就拿去。"

"我要，"男孩说，"现在我们得为其他事做好我们的计划。"

"他们有出去找我吗？"

"当然。海巡队和飞机都出动了。"

"海很大，船很小，很难看得到。"老人说。他注意到可以有人说话，不用光是对自己和对海说话，有多愉快。

1　即鱼的尖吻。

"我很想你，"他说，"你捕到了什么？"

"第一天一条。第二天一条，第三天两条。"

"很好啊。"

"现在我们再一起捕鱼。"

"不，我运气很差，我的运气都用光了。"

"去他的运气，"男孩说，"我会把运气带回来。"

"你家人会怎么说呢？"

"管他们的。我昨天抓到了两条鱼。但我们会一起捕鱼，因为我还有很多需要学的。"

"我们得弄一支锐利的鱼叉来，随时放在船上。你可以用旧福特车上的钢板弹簧来做刃。我们可以把刃拿到瓜纳瓦科阿去磨。鱼叉的刃要锋利，而且别回火处理，那样容易断。我的刀就断了。"

"我会再弄一把刀来，再将钢板磨好。这阵强风会吹几天？"

"也许三天。也许更多天。"

"我会把所有的东西准备好，"男孩说，"你把你的手养好，老爹。"

"我晓得怎么治好我的手。昨天夜里我从嘴巴里吐出了些奇怪的东西，感觉到我胸腔里好像有什么坏掉了。"

"把那个也治好吧，"男孩说，"躺下来，老爹，我会给你拿干净的衬衫来。还有一些吃的东西。"

"带些我不在的这几天的报纸来。"老人说。

"你得赶快好起来，我能从你那里学到很多，你可以教我所有的事情。你受了多少罪？"

"很多。"老人说。

"我会拿食物和报纸过来，"男孩说，"好好休息，老爹。我会从药房带你的手需要的东西过来。"

"别忘了告诉佩德里科鱼头是他的。"

"嗯，我会记得。"

当男孩出了门，走下老旧的珊瑚岩道路时，他又哭了。

下午，有一群观光客在露台酒店，一位女士朝水中看，在空啤酒罐和死梭鱼之间，看到了一条很大很长的白色脊骨，后面还带一条巨尾，当东风刮起小港入口外持续的大浪时，那尾巴就会随潮水而举起摆动。

"那是什么？"她问一名侍者，并指着那条大鱼的长脊骨，现在它只是等着要被潮水冲走的垃圾。

"大鲨鱼[1]，"侍者说，"鲨鱼。"他意图解释发生了什么。

"我不知道鲨鱼竟然有这么漂亮、形状这么美的尾巴。"

"我也不知道。"她身边的男伴说。

沿着路往上，在他的小屋里，老人又睡着了。他还是趴着睡，男孩坐在他身边看着他。老人正梦见狮子。

1　原文为西班牙语。